KB165743

오직　　쓰기　위하여

오직 쓰기 위하여

천쉐 지음
조은 옮김

글쓰기의
12가지 비법

글항아리

나를 믿으려면
나를 위해
헌신해야 한다

글을 쓰기 시작하고부터 지금까지 몹시 힘겨운 시기를 몇 차례 겪었다.

맨 처음은 1998년. 생업이 바쁜 나머지 글을 쓸 수 없었다. 그러자 나는 정신적으로 완전히 무너졌고, 이후 반년간 심리 치료를 받았다. 그때 의사가 나에게 끊임없이 말했다. 집을 떠나도 된다고, 일을 그만둬도 괜찮다고, 당신이 없다고 회사가 망하진 않을 거라고, 당신이 글을 쓰러 간다고 가족들이 쓰러지지도 않을 거라고. 의사는 이런 충고를 거듭했다.

"가족 문제든 일 문제든, 누군가 당신을 대체할 수 있어요. 그렇지만 당신의 삶에서는 누구도 당신을 대체할 수가 없다고요. 당신의 글쓰기는 오직 당신 자신만이 할 수 있어요. 글을 쓰지 않는 대가도 오로지 당신 스스로 치러야 하고요. 자기 자신으로 살아갈 수 없다면 생명력을 잃고 말아요. 당신의 우울, 슬픔, 낙담, 무기력은 모두 자신이 되지 못해서 생겨난 거예요. 생명력을 잃고서 가족을 어떻게 잘 돌보겠어요? 자신부터 잘 돌봐야 딸 노릇도 하는 거죠. 먼저 자기 자신이 되어야만 다른 사람도 책임질 수 있어요."

일리 있는 말이었다. 하지만 그때의 나로서는 그렇게 할 수가 없었다. 집을 떠날 마음만 먹으면 엄마가 아프고, 아버지는 밤낮없이 죽어라 일하고 있었다. 부도나거나 회사가 망할지도 모른다는 생각에 날이 갈수록 겁이 났고, 그럴수록 도저히 발이 떨어지질 않았다.

반년간의 치료를 마치고도 나는 회복되지 않았다. 하지만 그 과정에서 매우 귀중한 경험을 얻었다. 나는 쓰는 사람이고, 글을 써서 스스로를 치유할 능력이 있다는 것이었다. 의사도 나를 위해 할 수 있는 일은 다 해줬지만, 결국 실행해야 하는 사람은 나였다. 집을 떠나 글쓰기로 가는 길을 걸어가려면 나 스스로 발을 떼어 움직여야 했다.

나는 마지막 치료 과정을 마치고 정신과를 나섰다. 그러고 나서 실제로 타이중을 떠나 타이베이에 정착하기까지 3년 가까이 걸렸다. 그동안 나는 일에 치이면서도 우울증, 불안장애, 외상후스트레스증후군에 관한 온갖 책을 찾아 읽었을 뿐 아니라, 상처와 치유에 관한 장편소설 『악마의 딸惡魔的

『女兒』을 완성했으며, 끝내는 나 자신을 위해 밤마다 두세 시간씩 글 쓸 시간을 만들어냈다. 이런 일들은 내가 생업 때문에 지독한 스트레스를 받으면서도 자신감을 잃지 않게끔, 언젠가는 전업으로 글을 쓸 기회가 오리라는 확고한 신념을 지키게끔 해주었다.

나를 믿으려면 나를 위해 헌신해야 한다.

타이베이에 오자 두 번째 난관이 닥쳤다. 마음속에 자리 잡은 죄책감이었다.

부모님은 수시로 전화를 걸어 돈을 보내달라고 했다. 살벌한 경쟁 속에서 회사는 내리막길을 걷기 시작했고, 동업자의 부당한 투자 방식 때문에 경영 상태는 더 악화되었다. 나는 자책했다. 내가 회사에 남았다면 저 지경이 되지는 않았을 텐데. 하지만 나는 멀리 떠나는 것을 택했고, 회사 사정은 자꾸만 나빠졌다. 나는 부모님의 손해를 메꾸기 위해 계속 돈을 벌어야 했다. 그때는 글만 쓰고 있었으니 몇 푼이나 벌었겠는가? 그러나 가족을 도와야 한다는 마음 때문에 나는 부지런한 작가이자 엄청 유능한 글쓰기 노동자가 되었다. 두 가지 얼굴로 두 가지 생활을 하는 사람이 된 것이다. 한편으로는 근면성실하고 검소하게 살면서 책을 읽고 글을 썼다. 장편소설을 쓰기 위해 다른 오락이나 사교는 다 버리다시피 했다.

다른 한편으로는 적극적으로 일감을 받아 글쓰기로 돈을 벌 수 있는 것은 다 했다. 인터뷰 기사·칼럼·청탁 원고·자서전을 쓰고, 강연을 하고 심사를 했다. 나는 깜짝 놀랄 만한 능률을 발휘해 소설을 쓰는 틈틈이 필사적으로 돈을 벌었다.

하지만 밤이면 잠을 이룰 수가 없었다. 비가 오고 태풍이 부는 날이면 부모님 건강이 걱정되어 자꾸만 자책했다. 다 내 잘못 같아서 마음이 무거웠다.

나는 또다시 정신과를 찾아 심리치료를 받았다. 하지만 나 자신이 깨치고 해결해야 한다는 걸, 이 상황에서 벗어나려면 나 스스로 발을 떼야 한다는 걸 느끼고 있었다.

그때 나에게 가장 위로가 된 것은 오직 내 글에 전념하는 시간뿐이었다. 의사가 했던 말이 머릿속을 떠나지 않았다. 나 자신이 되어 나 자신으로 살아야 한다고, 안 그러면 미쳐버릴 거라고.

글을 쓰지 못하면 미쳐버릴 거라는 공포가 수시로 나를 덮쳤다. 그러나 그런 걱정은 내 보호막이 되어주기도 했다. 나를 보호하는 것은 나의 글쓰기였다. 그것이야말로 바로 내 생명의 핵심이었으니까.

2002년부터 2009년까지, 이 기나긴 시간 동안 나는 장편소설 네 권을 세상에 내놓았다. 모두 나에게 대단히 중요한 작품이었지만, 솔직히 반응이 좋지 않았고 상을 받지도 못했다. 계속 글을 쓰게 만든 것은 나 자신에 대한 믿음이었다. 그것 말고는 아무것도 가진 게 없었으니 말이다. 남들 눈에는 좋아 보이지 않는다 해도, 박수갈채가 없다 해도, 내가 하는 일이 부모님 뜻에 어긋난다 해도, 나는 편안하고 익숙한 곳을 박차고 나왔다. 나 자신을 뛰어넘기 위해 남들은 이해할 수 없는 변화를 겪었다. 그 길은 너무나 외롭고 쓸쓸했다. 스스로를 믿어야지, 달리 의지할 곳은 거의 없었다.

정말로 자신 있다고는 말할 수 없지만, 장편소설이 한 권씩 세상에 나올 때마다, 얼마나 많이 팔리든 어떤 평가를 받든 상관없이, 그 책에 내가 얼마나 많은 것을 쏟아부었는지 나는 아주 잘 알았다. 나는 이미 최선을 다했다.

2009년, 자가면역질환에 걸려 일도 못 하고 글도 쓸 수 없게 됐다. 어느 날 출판사의 지인이 전화를 걸어와 내 소설 『부마자附魔者』가 금전상金典獎 후보에 올랐다고 했다. 나는 전화를 끊고 나서 소리 없이 울었다. 그때 나는 여자친구에게 배신당하고 괴상한 병까지 걸려 인생에서 가장 비참한 시기를 지나고 있었다. 마음속으로는 내가 상을 못 받으리라는 걸 알고 있었다. 잘해야 입선이나 하겠지. 그러나 그 느낌은, 어둠 속을 묵묵히 걸어가고 있는데 마침내 나를 위한 등불 하나가 반짝 켜진 것만 같았다. 한순간에 지나지 않는 빛이었지만, 신이 나한테 이렇게 말하는 듯했다. 계속 걸어가라. 축복을 받지 못하더라도 네가 너 자신을 축복하면 된다.

그리고 아짜오阿朝가 나타났다. 우리는 다시 만났다. 비참하고도 험난한 내 인생이 나에게 준 가장 좋은 선물이었다. 2011년, 드디어 내가 쓴 책이 열 권을 넘어섰다.

2012년을 시작하면서 나는 서서히 깨달았다. 나는 지금까지 줄곧 열심히 글을 써왔고, 내가 쓴 장편과 단편 하나하나가 이어져 긴 강을 이루었으며, 그 강이 나를 싣고 머나먼 곳까지 데려왔다는 걸.

좋은 일이 찾아오든 힘든 일이 닥치든, 나는 언제나 글쓰기에 의지해 나 자신을 다잡는다. 글쓰기는 내 발밑에 있는 한 조각 땅이다. 아무리 조그맣다 해도 나는 그 땅에 의지해 일어설 수 있다.

젊은 글벗들에게 내가 늘 하는 말이 있다. 계속해서 써나가자, 스스로를 위해 작품을 쌓아나가자. 그 작품들이 단시간에 돈이나 영광으로 보답하진 않는다 해도 작품들에게 시간을 주자. 그러면 작품들이 우리를 지켜줄 것이다. 그리고 우리 마음속에서 가장 견고한, 아무도 빼앗을 수 없는 가장 든든한 보금자리가 되어줄 것이다.

내가 쓴 모든 작품이 이 세상에서 나를 지켜주는 보루가 되었다는 걸 지금에 와서야 실감한다. 때로는 내 작품이 누군가의 마음속 안식처가 되어주기도 했다. 내 작품을 읽는 이가 많든 적든, 한 사람 한 사람의 응답이 내 마음을 울렸다.

그 뒤로 한 가지 습관이 생겼다. 나 자신에게 늘 고마워하는 것이다. 나 자신을 배신하지 않은 내가 고맙다. 나는 나 자신으로서 잘 살았고, 진정으로 나를 위해 글을 쓸 시간을 얻어냈다. 세상일이야 어떻게 변하든 다른 사람과 나를 비교하지 않고 내 갈 길을 갔다. 나는 귓가에 들려오는 소음에 방해받지 않은 내가 고맙다. 많은 사람이 지적이나 조언을 해주었지만 그로 말미암아 흔들리지 않았고, 그것은 내가 나에게 해준 가장 좋은 일이었다.

나를 위해 무엇을 해줄 수 있는지는 내 마음이 가장 잘 안다. 아직 잘 모르겠다고? 그렇다면 틈 나는 대로 자신에게 귀를 기울여보라. 필요할 때는 내면에서 들려오는 목소리를 믿어라.

나 자신이 되어 나 자신으로 살아가고 내 갈 길을 가는 것, 그것이 바로 내가 진정 나아가야 할 방향이다.

믿음을 가지려면 배우고 실천해야 한다. 나 자신을 믿는 법을 배웠다면, 나를 지켜낼 가장 강력한 힘이 생긴 셈이다.

차례

1부

내가 걸어온
창작의 길

가장 낮은 현실을 받아들이고
가장 높은 이상을 향해 나아가기

나는 소설을 쓰고 싶었다. 그래서 대학을 졸업하고 다른 동기들처럼 교사나 편집자가 되지 않았다. 그때 생각으로는 서비스 업종이 글쓰기에 도움이 되겠지 싶어 서빙, 점원, 매표원, 노래방 도우미 같은 일을 했다. 지금의 서비스업과 마찬가지로 보수는 적고 일은 몹시 고되었다. 처음엔 그런 일이 글쓰기에 딱히 어떤 도움이 되는지 보이지 않았고, 부모님의 실망만 느껴질 뿐이었다. 부모님은 죽어라 뒷바라지해 대학을 졸업시킨 딸이 끝내는 야시장에서 옷 장사를 하게 된 상황을 이해하지 못했다. 몹시 상심한 아버지가 내게 말했다. 이렇게 될 줄 알았더라면 대학을 왜 보냈는지 모르겠다고(나는 초등학교를 졸업하기 전부터 옷을 팔 줄 알았다).

야시장에서 옷을 팔면서 여기저기 배송을 다녔다. 그럴 때

독자들이 알아보고 천쉐냐고 물으면 나는 즉각 부인했다. 옷장사가 부끄러웠던 것이 아니라, 글 쓰는 천쉐와 실생활에서의 나를 단호하게 분리했기 때문이다. 그렇게 하지 않으면 글쓰기를 가로막는 생활의 온갖 '반대'에 대항할 길이 없어질 것만 같았다.

나는 책을 낼 때 필명을 쓴다. 가족과 친지에게 내가 글을 쓴다는 사실을 들키고 싶지 않았고, 그들이 내가 쓴 책을 읽는 것은 더더욱 원치 않았다. 나는 절대적인 자유를 유지하고 싶었다. 내가 쓰는 글이 세상이 말하는 이치에는 어긋난 작품이라는 걸 알기 때문이었다. 나는 내 글을 보호하고 싶었고, 그러기 위한 유일한 방법은 내가 천쉐가 아닌 척하는 것이었다. 2005년에 『오래된 봄陳春天』이 나오자 신문 문화면에 내 사진이 실렸다. 내가 물건을 배송하러 가자 서점 주인이 물었다. 이제 보니 아가씨가 신문에 실린 아무개 작가 아니에요? 그때도 나는 고개를 가로저으며 완강히 부인했다.

이미 타이베이에서 지내며 글을 쓴 지 2~3년째 되던 해였다. 그래도 한 달에 서너 번은 타이중으로 돌아가 남부나 동부 지방으로 손목시계 배송 출장을 가야 했다.

어느 날 본가에 가서 밥을 먹고 있었다. 엄마가 갑자기 알수 없는 표정으로 나를 차탁자로 잡아끌었다. 탁자 유리 밑에 신문이 깔려 있었다. 나는 멀찌감치 서서 신문에 박힌 내

얼굴을 바라보았다. 그 신문의 문화면이었다. 엄마는 별다른 말이 없었지만, 드디어 엄마도 내가 무슨 일을 하는지, 또 글쓰기가 꼭 안 좋은 일은 아님을 알게 됐다는 사실은 짐작할 수 있었다.

이렇게 1994년부터 2002년까지 쌓여오면서, 경험으로 보나 생활로 보나 전문적으로 글을 쓸 때가 왔다는 생각이 들었다. 나는 더 이상 기다리지 않기로 했다.

2002년 타이베이로 옮겨온 나는 나에게 3~5년의 시간을 주기로 했다. 장편 세 권을 쓰고 싶었고, 그렇게 결심이 서자 뒤도 돌아보지 않고 집필에 들어갔다. 장편 세 권을 완성해 책을 내는 것이 나 자신에게 부여한 첫 번째 목표였다. 예전 일로 돌아갈지 말지는 일단 이 단계를 견뎌내고 나서 고민할 생각이었다.

글만 쓰면서 살게 된 첫해, 내 일거리는 대부분 여행 기사와 인터뷰 원고 작성이었다. 2003년에 먼저 단편집을 한 권 냈고, 그다음엔 자서전을 대필하고 각종 인터뷰 글을 쓰면서 『다리 위 아이橋上的孩子』를 집필했다. 2004년에 『다리 위 아이』가 세상에 나오자 내가 인정받는 작가가 된 느낌이 조금씩 들었다. 그때부터는 칼럼을 쓰기 시작했고, 문학상 심사위원으로도 위촉받았으며 강연 요청도 좀 들어왔다. 그래도 여전히 일거리가 많이 필요했기에 고료가 높은 청탁을 받으면 아무리 희한한 주제라도 모두 써보려 했다.

혼자 사는 나는 무척이나 검소하게 지냈다. 매일 아침은 토스트 한 쪽에 달걀 프라이 하나, 블랙커피 한 잔이었고, 점심은 집 근처에서 60위안짜리 도시락을 사 먹었다. 저녁에는 대용량으로 사다놓은 관먀오몐關廟麵*을 삶아서 몐빙麵餅** 한 조각과 돼지고기 조금, 청경채와 양배추를 듬뿍 곁들여 먹었다. 때로는 스스로를 격려하는 뜻으로 국수에 새우 몇 마리를 넣은 특식을 만들기도 했다. 과일은 값싼 오렌지와 100위안에 여덟 개짜리 사과를 사 먹었다. 그때 나는 카페에 가지 않고 줄곧 집에서 글을 썼다. 그러면 커피 값은 물론 점심 값과 차비도 아낄 수 있었다. 사교성이 부족하고 무슨 모임에 나갈 일도 없어서 화장은 아예 안 했다.

하루하루를 이렇게 지냈다. 매달 집에 돈을 얼마쯤 보냈고, 조금씩 남는 돈은 모두 저축했다. 불시에 집에서 2만 위안이나 3만 위안을 보내달라는 전화가 오기 때문에 그에 대비하려면 비상금을 마련해두어야 했다.

두렵지는 않았냐고? 그때 나는 두려워할 시간이 없었다.

아마 스스로 세워둔 목표가 있었기 때문일 거다. 그건 바로 3~5년 안에 장편 세 편을 쓰겠다는 목표였다. 그때까지는

* 타이난 관먀오구에서 생산되는 유명한 수제 국수.
** 밀가루 반죽을 둥글납작하게 구워 만든 중국식 빵.

그저 생활비를 벌면서 쉬지 않고 글을 쓰고 싶을 따름이었다.

가장 힘든 고비는 남동생이 교통사고를 당했을 때 찾아왔다. 동생이 아직 중환자실에 있을 때 나는 최악의 상황에 대비한 계획을 세웠다. 동생의 회복에 긴 시간과 많은 돈이 필요하다면 나는 하던 일로 돌아가 돈을 벌어야 했다. 다행히 동생은 한 달 만에 학교로 돌아갔고, 나도 내 보금자리로 와서 계속 글을 썼다.

두 번째 장편 『오래된 봄』을 쓰고 나자 내가 달라져야 한다는 느낌이 들었다. 구체적으로 어떻게 달라져야 하는지는 알 수 없었지만 말이다. 그에 앞서 『아무도 모르는 나無人知曉的我』를 썼는데, 그때 나는 이 책을 목표했던 세 권에 넣지 않았거나, 아니면 내가 계속 써나갈 수 있다는 사실을 인정하고 세 권이라는 목표를 잊었다고 해야 할 것 같다. 2009년에는 『부마자』를 써냈고, 이 책은 몇몇 주요 문학상 후보에 올랐지만 상은 하나도 받지 못했다. 하지만 그때 나는 더 이상 무언가를 증명할 필요가 없다는 사실을 깨달았다. 나는 소설가였다.

내가 하고 싶은 말은 이거다. 처음부터 이렇게 눈 딱 감고 나아가지 않았다면, 『다리 위 아이』와 『오래된 봄』이라는 중요한 작품을 잇따라 써내지 못했다면, 그러는 대신 돈이 없어 못 살까봐, 인정받지 못할까봐, 재능이 부족할까봐, 또 다른 온갖 막연한 걱정에 시간과 에너지를 소비했다면, 그때의 내 힘으로는 아마 현실의 그 어마어마한 압력에 도저히 맞설 수 없었을 것이다. 일찌감치 글쓰기를 포기했을지도 모르겠다.

이상과 현실 사이에서 선택하기란 쉽지 않다. 하지만 나는 둘 다 할 수 있는 방법이 있다고 본다. 가장 낮은 현실을 받아들이고 가장 높은 이상을 향해 나아가는 거다. 그건 살아갈 수 없다는 뜻이 아니라, 좀더 소박하고 단순하게 살면 된다는 얘기다. 그러면 미래를 걱정하느라, 남과 비교하느라 기운 빼지 않아도 된다. 나에겐 나만의 목표가 있고, 나만의 기준과 시간 감각이 있고, 나만의 가치관이 있으니까. 내 마음을 보살피고 내가 하고 싶은 일을 지킨다. 검소한 생활이 고생스럽게 느껴지지도 않는다. 내 하루하루가 매우 충실하고, 이렇게 분투하는 몇 년 동안 날마다 목표에 다가가고 있기 때문이다.

신기하게도 작품이 탄생하고 세상에 나오면서, 그리고 나 자신을 위해 창조한 문학세계가 점점 더 충만해지면서, 그 똑딱똑딱 카운트다운은 나도 모르게 깨져버렸다.

정해놓은 3년, 5년이 아니라 그 이상을 갖게 된 것이다. 나는 이렇게 글을 쓰며 지금에 이르렀다.

다만 전제가 있다. 내가 누구보다 더 열심히 꿈을 향해 달려가고 있다는 것이다. 날마다 실천하기 때문에 용감하게 큰 꿈을 꾸는 거다.

이는 모두 내가 그동안 쌓아온 것이 그토록 많기 때문이다. 내가 작품으로 쌓아온 계단이 나를 더 자유로운 곳으로 한 걸음 한 걸음 나아가게 해주었다. 나는 나 자신을 위해 다양한 전환의 공간을 쟁취했고, 이상과 현실 사이의 균형을 더 많이 배웠으며, 아주 조금은 더 느슨하게 살 수 있게 됐다.

마흔을 코앞에 둔 젊은 작가 친구들에게 해주고 싶은 말이 있다. 마흔이라는 나이를 두려워하지 마라, 걱정스레 날짜를 세지 마라. 단단하고 착실하게 써나간다면, 하루하루를 열심히 보낸다면, 자신의 가장 훌륭한 작품으로 마흔을 맞이한다면, 마흔 살이 바로 여러분이 풍요로운 수확을 거두는 순간이 될 것이다. 대표작을 내놓으면 완전히 다른 세상을 보게될 테고, 대표작을 내놓지 않는다 해도 진정 착실하고 성실하게 쓰고 있다면 그 세상으로 가는 길을 걷고 있는 셈이다.

루틴을 만들고
자신을 반복적으로 훈련시킨다

나는 타고나기를 규칙적인 생활과는 거리가 먼 사람이다. 어릴 때부터 놀기를 좋아해서 수업 시간에 아예 가만히 앉아 있질 못했다. 여름방학 숙제는 늘 개학 전날까지 미뤘고, 선생님이 내준 과제는 학교에 와서 정신없이 갈겨썼다. 고교 시절 쪽지시험을 볼 때면 꼭 마지막 1분을 남겨놓고 책을 뒤적거렸고, 성적은 늘 위태위태했다. 대입 시험도 두 달을 남겨놓고서야 정신을 차리고는 자이嘉義에 있는 외할머니 댁으로 가서 열심히 공부했다.

나는 소설을 쓰기 시작하고 나서야 노력하는 사람이 되었다. 대학 시절엔 수업을 거의 안 듣고 소설만 읽어댔다. 3학년 때 소설을 쓰기 시작했는데, 한번 쓰기 시작하면 멈출 수가 없어 자주 밤을 새웠다. 단편소설 한 편을 쓸 때면 몇 달을 머릿속에서 숙성시켰다가 며칠 만에 써내곤 했다. 과거의 나는 영감으로 글을 쓰는 편이었고, 아주 짧은 시간 안에 작품을 써낼 수 있다는 자신감이 있었다. 하지만 장편을 쓰기 시작하면서 그런 식의 글쓰기는 완전히 포기했다.

글쓰기는, 그 일을 사랑하는 만큼 자신을 변화하게 만든다. 나는 장편 쓰기에 적합한 사람이 되고자 오랫동안 훈련했다.

1999년부터 『악마의 딸』을 쓰기 시작했다. 날마다 장사를 마치고 집에 와서는 자기 전 두 시간 동안 글을 썼고, 매일매일 끊임없이 썼다. 그때 그 시간은 나에게 몹시 소중했다. 나는 쓸 수 있는 만큼 조금씩 조금씩 써나갔다. 8개월이 지나자 나도 10만 자의 장편소설을 써냈다. 그때 나는 일을 하면서도 글을 쓸 수 있다는 사실을 처음으로 체감했다. 매일 몇백 자씩 써나가면 한 달에 1만 자 넘게 쓸 수 있다. 이 발견에 나는 분발하게 됐고, 일 때문에 글을 쓸 수 없다는 과거의 불안은 출구를 찾았다. 그 뒤에 쓴 소설 두 권은 모두 일하는 틈틈이, 일주일에 2~3일씩 시간을 내서 쓴 것이다.

2002년 타이베이로 옮겨와 전업으로 글을 쓰게 되자 모든 시간이 내 것이 되었다. 하지만 전에 없던 스트레스가 닥쳤다. 경제적 스트레스도, 글쓰기 스트레스도 어마어마했다.

나는 라디오부터 샀다. 내게는 어릴 때부터 라디오를 듣는 습관이 있었다. 아버지한테 받은 오디오 세트가 있긴 했지만, 라디오에는 그와 다른 어떤 내밀한 느낌이 있었다. 나는 아침부터 저녁까지 필하모닉 라디오 방송을 들었다. 그때 우리 집은 고속도로 바로 옆이라 몹시 시끄러웠다. 나는 라디오에서 흘러나오는 차분한 클래식 음악으로 소음에 맞섰다.

아마 그 무렵에 깨달았을 것이다. 초조하고 불안한 마음을 떨쳐내려면 출근하지 않는 생활을 어떻게 꾸려갈지 스스로 실마리를 찾아야 한다는 걸.

생활비를 버느라 이런저런 글쓰기 일을 닥치는 대로 하고 있었지만, 그때 분명히 인지하고 있었다. 내가 타이베이에 온 목적은 소설을 쓰기 위해서이며, 다른 일로 돈을 버는 것은 단지 생계를 위해서라는 사실을.

그때는 감정이 불안정했다. 사랑 때문에 고통스러워하며 연인과 다투곤 했고, 그러면 리듬이 쉽사리 깨졌다. 그래서 나는 일찌감치 결심했다. 글 쓰는 시간을 정하기로, 다른 사람들에게도 분명히 알리기로. 나는 백수가 아니다. 직장인처럼 정해진 시간에 일한다는 것을 스스로 증명해야 한다. 그러지 않으면 남들도 내 글쓰기를 진지하게 받아들이지 않을 테니까.

나는 늘 소설을 최우선으로 삼고, 그다음에 돈 버는 글을 썼다. 쉽지는 않았다. 소설은 마감일이 없지만 청탁받은 원고는 마감일이 있기 때문이다. 바로 이 점 때문에 나는 소설부터 쓰기로 했다. 능률을 유지하고자 청탁 원고도 절대 질질 끌지 않는다는 규칙을 정했다. 의뢰를 받으면 먼저 작업 일정부터 짠다. 인터뷰, 기고문, 칼럼 등을 쓰는 데 대략 얼마쯤 걸릴지 마감일 전에 미리 안배해놓는다. 나는 매일매일 소설 할당량을 채운 다음 다른 일을 시작하는데, 작업 모드를 전환해 의뢰받은 글을 쓸 때는 원고 성격에 따라 스스로에게 다른 기준을 부여한다. 나는 비즈니스 취재, 여행 기사, 인물 인터뷰 원고를 수없이 썼을 뿐 아니라 모텔 기사까지 썼다. 그런 글을 쓸 때는 창작자가 아니기에 100퍼센트 완벽하게 쓰겠다는 생각은 하지 않는다. 업무적으로 쓰면 된다. 중요한 것은 원고를 제대로 마치고 제때 제출하는 것이다. 나는 지금껏 이런 식으로 스스로를 훈련해왔다. 소설을 쓰는 기준으로 의뢰받은 글을 쓸 필요는 없다. 적절히 순탄하게 작업을 진행하면 의뢰인도 매우 만족한다. 그런 원고를 쓸 때는 지나치게 고민하지 않는다. 일이 들어오면 바로 일정을 짜서 차근차근 완수한다. 그래야 소설 쓰는 기분에도 영향을 미치지 않는다.

내가 글쓰기의 스트레스를 없애는 방식은, 그 글을 쓰는 것이다. 아무 생각 없이 바로 쓰기 시작하고, 문제를 어떻게 해결할지는 쓰면서 다시 생각한다.

경제적 스트레스를 처리하는 방법은 따로 있다. 돈을 버는 글쓰기는 보수가 합당하고 내 능력이 닿는 한 뭐든 기꺼이 하려고 했다. 나는 1년에 30만 위안을 벌고 싶었다. 10만 위안은 가족에게 보내고 나머지는 생활비로 써야 했다. 경제적 불안감 때문에 너무 많은 일을 맡게 될까봐 소설 쓸 시간은 항상 남겨두었다. 1년에 10만 자를 쓰려면 8개월이 걸린다고 예측하고 2003년부터 연습을 시작했다. 아침에 일어나면 가장 먼저 소설을 썼다. 사실 그때는 며칠 동안 집 밖에 나가지도 않을 정도로 정신없이 일했지만, 마음속으로는 늘 소설을 잊지 않았다. 눈을 뜨면 가장 먼저 생각할 일은 소설이었고, 쓰든 못 쓰든 간에 머릿속으로 꼭 한 번 되짚어보았다. 이렇게 소설과 관련된 일부터 하고 나서 다른 작업을 했다.

그때 내 생활은 매우 소박했다. 돈 버는 데 너무 많은 시간을 쓰지 않으려고 씀씀이를 최소한으로 줄였다. 글쓰기에 더 많은 시간을 내주려다보니 만나는 사람도 거의 없었다. 나 역시 이런 생활에 익숙했고, 친구들도 내가 일에 대부분의 시간을 쏟는다는 걸 알기에 내 주변에는 이런 나를 이해해주는 사람들뿐이었다.

마감을 잘 지키니 사교성이 없는 나일지라도 할 일이 있었다. 나는 거의 8년간 매주 칼럼을 썼다. 마감 전날 어김없이 원고를 보냈고, 때로는 편집장이 펑크 난 원고를 도와달라고 해서 한 편 더 쓰기도 했다. 설 등 명절에는 원고를 미리 써놓았다. 그러면 글의 수준도 떨어지지 않고 마음도 평온했다. 일찍 시작해서 일찍 끝내면 소설도 좀더 일찍 쓸 수 있었다.

나에겐 규칙적인 생활을 훈련하는 좋은 방법이 있다. 어떤 방법을 써봤더니 괜찮은 결과가 나오면, 이는 일종의 보상이 되어 이대로 하면 불안감이 사라진다는 믿음이 머릿속에 생겨난다. 이렇게 되풀이하다보면 차츰 의식이 전환되며 한 가지 생활 방식으로 바뀐다.

나는 나 자신에게 많은 보상을 한다. 예컨대 청탁 원고를 잘 썼으면 좋아하는 책이나 영화를 본다. 예전에는 범죄물을 아주 좋아했는데, 일을 다 끝내고 나면 밤에 쉴 때 한꺼번에 여러 편을 보는 것을 보상으로 삼았다. 그러다보니 나중에는 일을 마치는 것만으로도 좋은 보상이 된다는 걸 알게 됐다. 나는 그날그날 쓴 글자 수를 다이어리에 적어놓는다. 날마다 늘어나는 글자 수를 보면 쌓여가는 힘이 느껴진다.

또 매일 아침 눈을 뜨면 소설부터 생각하는 훈련을 하면서 이것도 습관으로 만들었다. 정신이 가장 맑을 때 능률도 가장 높기 때문이다. 머리가 맑을 때는 영감도 많이 떠오르고, 몇 줄만 써도 유난히 좋은 문장이라는 느낌이 든다.

나는 내 루틴을 의식적으로 훈련한다. 사실 나는 밤에 특히나 영감이 잘 떠오른다. 밤을 새우다보면 예상치 못한 영감이 떠오르기도 한다. 그래도 나는 이 욕망에 굴복하지 않는다. 안정적인 생활이 곧 돈을 벌면서 글을 쓸 수 있는 길이라고 생각하기 때문이다. 내 계획은 좀더 장기적이다. 1~2년 동안 어떻게 30만 위안을 벌면서 장편 한 권을 쓸 것인가. 세세한 계획은 세울 줄 모르고 그저 큰 방향을 잡는다. 이를테면 이번 달에 청탁 원고는 몇 편을 쓰고 심사는 몇 건을 맡고 강연은 몇 번을 할 것인지 분량을 정해둔다. 한 달에 보름쯤 소설 쓸 시간이 나면 그걸로 충분히 만족스럽다. 나는 그 보름을 소중히 여기며 하루하루를 알차게 활용한다.

루틴은 지루해 보이지만, 일단 확립되면 안정감이 생긴다. 좋은 습관을 들이면 뜻밖의 일이나 슬럼프가 닥쳐도 안전하게 극복된다. 나는 글쓰기 루틴과 운동 루틴을 만들었다. 그러면 오늘 무얼 할지 고민할 필요가 없다. 할 일이 다 정해져 있기에 감정에 따라 흔들리지 않는다. 때로는 몸이 안 좋아하루 이틀 빼먹는다 해도 습관이 몸에 밴 덕에 금세 제자리를 찾을 수 있다.

이 세상에는 다양한 스타일의 창작자가 있으니 저마다 자신에게 알맞은 방식을 찾는 게 최고다. 다만 내가 원하는 결과가 실행 방식과 상충되거나 모순되면 목표에 이르기 어려워지니 주의하자.

나는 출퇴근이 싫어서 소설을 쓰는 게 아니기에 소설을 쓰면서도 출퇴근하듯 일할 수 있다. 자유롭다는 건 참 좋다. 하지만 나는 피아노 건반이 무한하다면 그렇게 좋은 악기가 될 수 없다고, 그저 자유롭고 호탕하게만 건반을 두드린다면 아름다운 음악을 연주할 수 없다고 생각한다. 글쓰기도 마찬가지다. 사람의 시간과 체력은 한정되어 있다. 그렇지만 장편소설을 완성하려면 굉장히 많은 시간이 필요하다. 그렇기에 나는 기꺼이 루틴을 만들고, 나 자신을 반복적으로 훈련시킨다. 소설 쓰기에 온 힘을 기울여 최고로 잘해냄으로써 내가 원하는 자유에 이르기 위해서다. 이는 악보와 건반처럼 규칙적으로 보이지만 결코 속박이 아니다. 자신의 규율과 규칙을 찾아내는 것, 자꾸만 도피하고 싶고 자꾸만 갈등하는 나를 길들이는 것은 곧 나 자신의 악보를 찾게 된 것이나 마찬가지다. 반복해서 훈련하자. 내 스타일이 될 때까지, 내 모든 능력이 제한된 시간 안에서 무한히 자유로워질 때까지, 내가 쓰려는 것의 영혼을 찾아내 작품 속에서 탄생시킬 때까지.

쓰면서 고치고,
쓰면서 성장한다

내 생각에 글쓰기에서 가장 중요한 일은 일단 쓰는 것이다. 좋은 글인지 나쁜 글인지는 중요하지 않다. 먼저 쓴다. 계속 쓰고, 쓰면서 고치고, 쓰면서 성장한다.

손의 감각을, 심지어 머리보다 손이 더 빠르다는 느낌을 유지하자. 쓰고 나서 다시 생각하고, 쓰면서 조정해나가자. 내 소설은 대부분 막연한 개념 하나에서 출발해 날마다 지속적인 탐색을 거치며 천천히 자라났다. 때로는 버려진 원고가 어느 순간 되살아나기도 했다.

젊은 시절에 주변을 둘러보면 모두 재주가 넘쳐나는 고수들이었다. 그 속에서 나는 평범하기 그지없었다. 그때 나는 선배들의 책꽂이를 구경하러 다녔다. 남들이 어떤 책을 읽는지,

어떤 음악을 듣는지, 어떤 영화를 감상하는지 보고 나서 나 자신을 악착같이 채워나갔다. 천재들에게 둘러싸인 느낌은 매우 황홀했다. 보잘것없는 내가 참으로 많은 것을 배울 수 있었으니까. 소설을 배우기 시작했을 때 나는 눈에 띄지 않는 존재였다. 내가 가장 존경하는 친구가 내 원고 두 편을 보더니 의미심장한 충고를 건넸다. "그만 써. 너는 이 일에는 안 어울려. 앞으로 고생길이 훤히 보인다." 그 말을 들은 나는 어떻게 해야 할지 몰라 난감했다. 마음은 괴로웠지만 그런 단언을 듣고도 글쓰기를 포기할 수가 없었다.

대학 시절, 문예 동아리 선생님이 내 첫 번째 소설을 보고 단도직입적으로 말했다. "너는 소설이 뭔지 전혀 모르는구나." 맞는 말이었지만, 나는 소설을 배우러 동아리에 들어온 것이었다. 하지만 선생님은 나에게 어떤 조언도 해줄 수 없는 듯했다.

나중에는 이런 생각이 들었다. 내가 쓰고 싶은 소설이란 것을 이해하려면, 그것들 중에서 가장 좋은 작품을 찾아보면 되지 않을까? 곧장 책을 엄청나게 읽고 예술도 두루 섭렵해나갔다. 학창 시절 내내 책에 빠져 지내면서 세계 각국의 고전 소설, 심리학과 정신분석, 역사와 미술에 이르기까지 많은 분야를 탐색했다. 영화도 엄청 많이 봤고, 내가 찾아낼 수 있는 고전 영화는 거의 다 봤다. 스무 살이 되자 갑자기 눈이 뜨이는 느낌이 들었다. 소설이 뭔지 대략 알 것 같았다. 그래서 예전에 쓴 작품을 모조리 버리고 처음부터 다시 쓰기 시작했다. 쉰 살이 넘은 지금도 나는 이 습관을 이어가고 있다. 바쁘다고 해서 책 읽고 영화 보는 일을 줄이지는 않는다.

스무 살 이후에는 차츰 내 작품을 스스로 긍정하게 되었다. 다른 사람의 인정은 더 이상 필요치 않았고, 독특한 소설, 나만의 소설을 쓸 수 있을 것만 같았다. 남들이 받아들일지는 몰라도 나는 내 소설을 위해 분투할 수 있었다. 스무 살때 나는 일단 작품을 쓰기로 작정했다. 서른 살까지 작품을 쌓아나가고, 발표나 출간은 그때 가서 생각할 일이라고 여겼다. 나는 아주 천천히, 1년에 한두 편씩 소설을 썼다. 어떻게 책을 내는지는 전혀 모르면서도 그냥 계속 썼다. 작가가 되려면 무엇보다 중요한 것은 작품 아닌가? 그때 나는 이렇게 생각했다. 먼저 소설을 쓰고, 작가가 되는 방법은 나중에 고민하자고.

스물네 살 때, 친한 친구가 내 소설을 몰래 공모전에 냈다. 상은 못 받았지만 책을 낼 기회를 얻었다. 예전에 친구의 충고나 선생님의 혹평을 듣고도 포기하지 않은 것이 천만다행이었다.

이렇게 스물다섯 살에 첫 책이 세상에 나왔다. 그 과정은 마치 꿈만 같았다.

출판사에서 나를 찾았을 때 나에겐 작품이 여러 편 쌓여 있었다. 단편 네 편에 중편 한 편이었는데, 중편은 그리 좋지 않아 단편집을 먼저 냈다.

지금도 나는 이렇게 생각한다. 내가 쓰고 싶은 것을 쓰자. 열심히 써나가자. 나만이 쓸 수 있는 작품을 쓰자. 그리고 남들이 뭐라 하든, 내가 할 수 있는 방식으로 내 소설을 뒷받침하는 거다. 소설로 생계를 꾸릴 수 있기 전까지는 다른 일도 하고, 삶을 경험하자. 포기하지만 않는다면 그런 생활의 틈새에서도 소설 쓸 시간을 찾아낼 수 있다.

젊은 글벗들에게 늘 이런 말을 한다. 작가가 되려면 가장 중요한 것은 작품이라고. 우리의 속도가 남들보다 느리더라도, 자신의 속도로 꾸준히 써나간다면 글쓰기는 우리에게서 멀어지지 않을 거라고.

우리보다 짧은 시간 안에 우리보다 활발히 활동하고 우리보다 인기 있고 우리보다 큰 명예와 명성을 누리는 사람을 많이 보게 될 테지만, 그것 때문에 흔들리지 말자. 우리는 우리 자신의 길을 가야 한다. 남들을 흉내 낼 필요가 없다. 모든 사람에게는 저마다의 운명이 있다. 지름길로 가려 하거나 근시안으로 보지 말자. 우리의 모든 재능을 우리 작품에 쏟아부어야 한다. 기초를 탄탄히 다지고 착실하게 연습해야 한다. 기본기를 잘 닦아야 한다. 어떤 유행이나 풍조도 오래가지 못한다. 오직 내 길을 찾아 뚜벅뚜벅 걷는 것만이 한평생 나를 지켜줄 수 있다.

잘 쓰는 것보다 훨씬 더 중요한 것은 계속 쓰는 것이다. 그래야만 내 마음이 진정으로 원하는 바에 다가갈 수 있다. 완벽주의를 추구하며 꾸무럭거리거나 펜을 놓지 말자. 오로지 글로 써낸 원고만이 나의 것이다.

끊임없이 써나가야만 글쓰기가 우리 삶의 핵심이 된다.

계속해서 쓸 능력이 있어야만 글쓰기가 우리의 전문이 된다.

쉬지 않고 써야만 우리는 비로소 결승점에 이를 수 있다.

좋은 책을 읽기보다
안 써지는 글을 쓰자

글쓰기가 습관이 될 수 있다는 사실을 처음 깨달은 것은 스물여섯 살 때다. 그때 나는 이미 첫 번째 단편집 『악녀서惡女書』를 세상에 내놓았다. 대학 졸업 전후 2년 동안 온갖 아르바이트를 하면서 틈틈이 쓴 책이었다. 나중에 생계를 위해 여자친구와 야시장에서 노점을 벌여 옷을 팔기 시작하자 정말 정신없이 바빠졌다. 여자친구는 돈을 충분히 버는 것이 곧 내 글쓰기를 돕는 거라고 철석같이 믿었다.

그렇게 1년 남짓 지나자 나는 '돈을 충분히 벌었다'고 할 수 있는 날은 결코 오지 않으리라는 사실을 깨달았다. 10만 위안을 모으니 20만 위안을 모으고 싶어졌고, 20만 위안을 모으니 여자친구는 장사가 잘되는 노점을 포기하기 아까워져 더 바쁘게, 더 많은 곳을 찾아다녔다. 어느 날 한밤중이었던 걸로 기억한다. 우리는 오후에 저녁 시장에서 노점을 벌였다가 밤에는 또 야시장으로 달려가 옷을 팔았고, 일을 마치고 셋집으로 돌아와서는 개에게 밥을 주고 집을 치운 뒤 결산을 해야 했다. 여자친구는 맥주잔을 비운 다음 자러 갔고, 나는 멍하니 앉아 있었다. 이제 우리에게는 꽤 큰 돈이 있었다. 그런데도 여전히 낡아빠진 집에서 살았고 내게는 책상 하나 없었다. 예전에 식당에서 아르바이트할 때는 쉬는 시간에 탕비실 책상에 엎드려 소설을 썼다. 그런데 지금은 왜 아무것도 쓸 수 없을까?

그때 마침 친구가 우리에게 중고 컴퓨터를 주었다. 다음 날 나는 여자친구에게 창고형 매장에 가자고 했고, 1990위안 짜리 컴퓨터 책상과 의자 세트를 사다가 방 한구석에 글쓰기 공간을 마련했다. 타자 치는 데 능숙하지 않았던 나는 한 자 한 자 연습을 시작했다. 내가 가진 시간은 많지 않았다. 일을 마치고 집에 돌아와 여자친구가 TV를 보며 쉬고 있을 때 나는 방으로 들어가 타자를 쳤다. 그때 쓴 소설을 영원히 잊지 못할 것이다. 그것은 바로 나중에 영화 「나비蝴蝶」로 각색된 단편이며 그 무렵 내가 쓴 소설 가운데 가장 긴 3만 자 분량이었다. 얼마나 많은 시간을 들여 완성했는지는 기억나지 않지만, 매일 밤 집에 돌아오면 몇 시가 됐든 씻고 나서는 바로 가서 소설을 썼고, 한 시간이든 두 시간이든 쓰고 나서 잠자리에 들었다. 이튿날 아침 일찍 시장에 나가 옷을 팔아야 하는데도 멈추지 않았다.

그렇게 나는 시간을 훔칠 수 있다는 사실을 처음 알게 됐다. 습관이 들고 나니까 쓰지 않으면 불편해졌다. 나중에는 일을 마치고 집에 돌아와서만 쓰는 것이 아니라 저녁 시장에서 노점을 벌일 때도 노트를 들고 한쪽에서 쓸 수 있게 됐다. '습관'은 어떤 선언으로 변했다. 나는 소설을 쓰는 사람이다. 겉보기에는 야시장 행상이지만 글쓰기는 내 마음속에 심어져 있고 내 생활에서 표현되고 있다. 때가 되면 나는 소설을 쓸 것이다. 돈을 충분히 모으지 못한다 해도 소설을 쓰겠다는 뜻을 나는 행동으로 여자친구에게 증명해 보였다.

그 무렵 나는 이름이 조금 알려져 있었다. 하지만 타이베이에 있지 않다보니 행사에는 거의 참석하지 않았다. 나 스스로 소설가라는 의식도 없었고 나 자신을 소설가라고 소개하는 일도 매우 드물었다. 그저 소설 쓰는 게 좋았기에 온 마음을 다해 써나갔을 뿐이다.

예전의 나는 언젠가 내가 진짜로 소설로 생계를 꾸릴 수 있으리라는 생각은 하지도 않았다. 그런데도 나는 내 삶에서 아주 많은 시간을 글쓰기에 썼다.

남들은 내가 자유로운 몸이라서 또는 뒷걱정이 없어서 이렇게 할 수 있었을 거라고 생각하는데, 그렇지 않다. 내가 줄기차게 소설을 쓴 것은 내가 몹시 가난했기 때문이다. 나는 생활의 거대한 압력에 짓눌려 있었다. 나 자신을 먹여 살려야 할 뿐만 아니라 가족까지 챙겨야 했다. 이런 압력 때문에 나는 글을 쓸 수 있는 모든 시간을 대단히 소중히 여기게 됐다. 나는 부지런히 썼을 뿐만 아니라 반드시 작품을 쌓아가야 한다고 스스로에게 요구했다. 예전의 나는 대략 2년에 한 권은 꼭 책을 내야 했다. 인세 수입은 많지 않아도 나에게는 작품을 쌓아가는 것이 중요했다. 내게는 인맥도 없고 수상작도 없었으며 선배들이 이끌어주는 일은 더더욱 없었다. 아무도 지지해주지 않는 가운데 내가 의지할 수 있는 유일한 존재는 내 작품뿐이라는 걸 직감했다. 그때 내게는 독자도 많지 않았다. 그래도 왠지 열심히, 성실히 노력해서 좋은 작품을 쓰면 작품들이 생명의 사다리가 되어 가고 싶은 곳 어디로든 데려가주리라는 믿음이 있었다.

타이중에 살 때는 옷을 팔면서 글을 쓰고, 배송할 때는 트럭에서 소설을 구상하고, 밤을 새워가며 글을 썼다. 글쓰기와 생계를 위한 일 가운데 어느 쪽이 더 투자할 가치가 있는지는 심각하게 따져보지 않았다. 그저 글을 쓰고 싶었기에 시간을 최대한 찾아내 써나갔다.

타이베이로 와서는 몹시 힘들고 외로운 기나긴 시간을 거쳐야 했다. 그때 나는 스스로를 의심했다. 비가 내리고 한파가 몰아치는 겨울이면, 부모님은 비바람 속에서 노점을 벌이고 장사를 하는데 나는 글쓰기를 택하는 바람에 집에 도움을 못 준다는 자책감도 들었다. 그래도 그런 생각이 글을 쓰겠다는 마음을 흔들지는 못했다. 내 마음 깊은 곳에서 강렬한 목소리가 내게 말하고 있었다. 걸어가. 지금 당장은 성과가 보이지 않더라도 계속 걷는다면 너는 이 길을 갈 수 있어.

나는 습관을 들이기가 참 쉬운 사람이다. 나에겐 선택지가 많지 않고, 시간도 매우 적은데 할 일은 너무나 많기 때문이다. 나는 하고 싶은 일과 해야 할 일을 모두 생활 속에 안배해 습관으로 만들었다. 아침에 눈뜨면 가장 먼저 하는 일은 소설 쓰기다. 소설을 다 쓰면 돈 버는 원고를 쓴다. 원고를 다 쓰면 책을 읽는다. 이 모든 일을 마치면 산책도 하고 연극도 보고 영화도 보고 음악도 들을 수 있다. 남은 시간은 모두 내 것이다.

중요한 일을 먼저 하는 습관을 들여 밥 먹고 숨 쉬는 것처럼 만들자. 작가가 되고 싶은가? 아주 단순한 진리가 있다. 글쓰기가 자신의 가장 중요한 일이라는 사실을 굳게 믿고, 그것을 삶의 일부로, 매우 중요한 부분으로 내면화하는 것이다. 오로지 글을 쓸 때 나는 비로소 작가가 된다. 이렇게 생각하고 실천하자.

글쓰기는 그저 글자를 치는 것이 아니다. 글을 쓰다가 한 글자도 떠오르지 않는 상황에 처할 수 있다. 그렇더라도 하루 중에서, 한 주 중에서, 또는 한 달 중에서 글쓰기에 내줄 시간을 찾아내자. 그리고 조용히 앉아서 원고지나 컴퓨터를 마주하고, 상상이나 기억 또는 다른 방식으로 글쓰기에 시동을 거는 습관을 만들자. 마음을 가라앉히고 글쓰기와 함께하는 친밀한 시간을 갖자. 소설을 쓰는 초기 단계라면 마음대로 구상을 해본다. 단편 제목, 책 제목 또는 인물 이름을 짓거나 습작을 해본다. 『마천루摩天大樓』를 쓰기에 앞서 나는 인물 스케치를 스스로에게 숙제로 내고는 인물을 100명쯤 간단히 묘사해보았다. 실제 작품에는 이들이 거의 나오지 않지만 나중에 쓴 소설에 큰 도움이 되었다. 때로는 기억에 의지한 채 거리 풍경을 스케치해보기도 한다. 편의점 내부를 묘사해보고, 거리에 늘어선 야식 노점들을 묘사해보고, 우리 집 아래 펼쳐진 저녁 시장 골목길도 묘사해본다. 천천히 기억을 더듬어가며 눈에 담았던 광경을 문자로 되살려낸다.

『네가 또다시 죽어선 안 돼你不能再死一次』를 쓰는 1년간은 힘든 시간이 너무 많았지만, 벽에 가로막힌 것처럼 막막할지라도 시간이 되면 나는 어김없이 컴퓨터 앞에 가 앉았다. 소설이 잘 풀리지 않을 때는 스토리를 밀어둔 채 외연적인 부분을 썼다. 이를테면 일단 쑹둥녠의 생김새를 묘사하고, 리하이옌과 딩샤오천의 어릴 적 에피소드를 썼다. 아니면 전혀 필요 없는 배경 화면을 그려보며 내가 이 작은 마을을 더 많이 알게끔 만들었다.

이런 연습은 영감이 없을 때도 날마다 글쓰기 상태로 들어갈 수 있도록 도와준다. 나에게 무엇을 꼭 써야 한다고 정해주는 사람은 아무도 없다. 그저 글을 써보면서 글자와 나의 관계를 만들어간다. 때로는 도무지 써지지 않는 날도 있다. 그러면 쓰고 있던 소설에서 빠져나와 대화문 쓰는 연습을 한다. 500자 대화를 써본다. 쓰다보면 참 신기하게도, 글자는 늘 나에게 무언가를 안겨준다. 쓸모가 있건 없건, 생각만으로는 해낼 수 없는 것이 나온다. 그게 바로 문자의 마력이다. 뭘 쓸지 몰라도 그냥 키보드를 두드려보라. 글자를 쓰다보면 글도 써질 것이다.

글이 써지지 않으면 책을 읽는 사람도 있는데, 나는 글을 쓰기로 한 시간에는 글을 쓰는 것이 가장 좋다고 조언하고 싶다. 일기를 써도 상관없다. 책 읽기는 사실 너무 재미난 일이다. 남이 쓴 좋은 책을 읽는 것이 써지지 않는 책을 쓰는 것보다 훨씬 더 즐겁다. 그런데 그럴수록 자신의 책은 더 멀리

하게 된다. 멍하니 앉아 있든, 아무렇게나 키보드를 두드리든, 자동적으로 무심코 뭔가를 써나가든 상관없다. 더도 말고 딱 한 시간만 버티는 거다. 운동선수의 훈련과 마찬가지다. 한 시간을 더 버틴 것은 곧 한 시간을 더 연습한 것이다. 무엇보다 중요한 것은, 우리가 우리의 글쓰기를 위해 한 시간을 더 노력했다는 사실이다.

습관을 들인다는 것은 바로 정해진 글쓰기 시간을 스스로에게 부여하는 것이다. 써야 할 시간에는 늘 쓰는 거다. 출근을 하든 안 하든, 전업으로 글을 쓰든 그렇지 않든, 글쓰기가 우리 삶의 일부가 되게 만들자. 습관이자 태도로 만들자. 인터넷을 하고 싶고, 나가고 싶고, 친구와 수다 떨고 싶을 때면 이렇게 생각하자. "일단 무언가를 쓰자. 다른 건 다 쓰고 나서 다시 생각하자." 이런 생각을 우리 마음속에 심자. 왜냐하면 글쓰기는 그 어떤 일보다 더 우리를 필요로 하기 때문이다.

글쓰기를 삶의 최우선으로 여기자. 이해득실을 따지지 말고 일일이 계산하지도 말자. 가장 사랑하는 사람을 대하듯 글쓰기를 대하자. 글쓰기와 동고동락하며 버리지도 떠나지도 않겠다고 약속하자. 글쓰기를 위해 더 나은 사람이 되겠다고 약속하자. 그러면 글쓰기가 우리에게 보답할 것이다. 엄청난 돈이나 빛나는 명성은 아닐지라도, 기술과 능력을 차츰차츰 연마해 전문가가 되도록 이끌어줄 것이다. 남과 비교하기보다는 나 자신을 들여다보자. 그러면 오늘의 내가 어제의 나보다 조금 더 나아갔다는 사실을, 창작이라는 일에 더 가까이 다가섰으며 이루고 싶은 내 모습에 더 가까워졌다는 사실을 마음 깊은 곳에서 깨달을 것이다.

없어지지 않는
상처를 끌어안기

이따금 아짜오가 웃으며 말한다. 여보야, 무지 활기 넘친다. 여보는 일을 정말 좋아하는구나.

내가 정말 일벌레일까? 한꺼번에 이렇게 많은 일을 해도 어쩨 피곤하지 않을까?

아마 예전에 너무 힘들게 살아서 그렇지 싶다. 지난날의 고생에 비하면 글쓰기와 관련된 일은 무엇이든 즐기고 누릴 수 있다. 집에서 글을 쓰고 원고를 보고 회의하고…… 게다가 머리 쓰는 것은 상대적으로 내가 잘하고 좋아하는 일이라서 대부분 아주 즐겁게 몰입할 수 있다.

첫 소설 『악녀서』가 나왔을 때도 나는 야시장에서 노점을 했다. 논란이 컸던 작품인 만큼 판매도 괜찮았고, 타이베이 문화계에 내가 조금은 알려진 것 같았다. 내 생애 첫 신간 발표회가 페미니즘 서점 뉘수뎬女書店에서 열렸다. 그때 나는 아무것도 모른 채 여자친구가 모는 차를 타고 타이베이로 가서 주소를 찾아 뉘수뎬에 도착했다. 2층으로 올라가는데 계단이 사람들로 꽉 찬 걸 보며 장사가 참 잘되는 곳이라고 생각했다. 서점 안으로 들어가 뒤쪽에 있는 강연 장소로 걸어가다가 퍼뜩 깨달았다. 여기 가득 모인 사람들이 모두 '천쉐'를 보러 온 것이었다. 『악녀서』처럼 논쟁적이고 대담한 소설을 쓴 사람이 대체 누구인지 다들 궁금해하고 있었다. 강연을 하는데 몹시 긴장됐다. 나는 긴장하면 농담이 나오는데, 다른 사람들의 농담 수위를 잘 몰라서 야하고 웃긴 얘기를 잔뜩 늘어놓았던 것 같다. 독자들이 질문할 때도 제대로 알아듣지 못한 게 많아서 다시 한번 설명해달라고 부탁해야 했다.

현장에서 독자들이 내미는 책에 서명을 해주었다. 편지를 건네는 독자도 있었다. 이 모든 게 꿈만 같았다. 너무나도 비현실적이었다.

타이중으로 돌아와서는 여전히 날마다 시장에 나가 옷을 팔았다. 여자친구는 열심히 벌어서 30만 위안을 모으자고, 그러면 편히 글을 쓰게 될 거라고 했다. 나는 잘 속는 사람이다. 온 힘을 다해 옷을 팔고 돈을 모으는 것이 미래의 글쓰기 시간을 저축하는 거라고 생각했다. 우리는 매일매일 야시장에 가서 노점을 벌였고, 오후에는 저녁 시장에 가서 장사를 했으며, 때로는 새벽 시장까지 달려갔다. 젊을 때였다. 새벽 시장에서 좋은 자리를 차지하려고 야시장 노점을 거두자마자 둥스東勢로 향했고, 잠은 차에서 쪽잠을 잤다. 어릴 때부터 잠을 잘 못 이루던 나는 밤새 차창 밖으로 펼쳐진 까만 밤만 멍하니 바라보곤 했다.

책이 나오자 강연 요청이 들어오기 시작했다. 한번은 둥하이대학에 가서 강연을 하고 다음 날 밤엔 둥하이 야시장에 노점을 벌였다. 나는 평소처럼 의자에 올라서서 허리에 전대를 차고 마이크를 잡고 옷을 팔았다. 야시장에 인파가 넘쳐 우리 노점도 장사가 아주 잘되었다. 그런데 갑자기 누군가가 내 옷자락을 잡아당기며 물었다. 천쉐 작가님 아니에요? 나는 즉각 반응을 못 하다가 차가운 얼굴로 말했다. 아닌데요. 뭐 사실 거예요. 빨리 말해요. 두 아가씨는 고개를 절레절레 흔들며 자리를 떴고, 그 전에 나는 그들의 속삭임을 들었다. 천쉐일 리가 없지. 작가가 어떻게 여기서 옷을 팔아?

나는 내가 '논란의 소설을 쓴 작가 천쉐'라는 느낌이 조금도 들지 않았다. 내 소설을 연구하는 사람도 있고 내 책을 좋아하는 독자가 많다는 걸 알면서도, 『악녀서』가 금세 2쇄, 3쇄를 찍고 홍콩에서까지 나온 걸 알면서도 그때 나는 내 작품이 사랑받는다는 사실을 전혀 느낄 수 없었다. 모든 것이

나와는 무관한 것 같았다.

저녁이면 친구가 준 중고 컴퓨터로 한 글자 한 글자 쳐나가며 훗날 영화 「나비」로 각색되는 3만 자 분량의 단편을 완성했다. 여기에 단편 몇 편을 더해 『몽유夢遊 1994』를 내놓았는데, 이번에는 조용히 나왔으며 아무런 논란도 일으키지 않았다. 창화彰化였나 후웨이虎尾였나 서점에 배송하러 간 적이 있는데, 진열대에 놓인 내 책이 눈에 띄었다. 무척이나 쓸쓸하고 나약해 보였다.

그 뒤로 거의 글을 쓸 수 없는 시절이 닥쳤다.

나는 첫 책부터 출판의 기회를 쉽게 잡았다. 내가 작가라는 자각도 없었고 독자들이 어디에 있는지도 몰랐지만, 내가 소설을 완성하면 출판할 수 있다는 사실은 알고 있었다. 그러나 안타깝게도 그때 나에게 부족했던 것은 글 쓰는 시간이었다. 우리가 수십만 위안을 모으자 여자친구는 우리 아버지와 함께 회사를 차렸고, 나를 장사의 귀재로 여겼던 아버지는 또 빚을 내서 투자했다. 나는 고함치며 파는 것뿐만 아니라 세일즈도 잘했다. 우리는 시계 도매업을 했고, 거래처를 찾아야 했다. 나는 어릴 때부터 책임감이 강해서 부모님이 시키면 시키는 대로, 여자친구가 하라면 하라는 대로 죽어라 해냈다. 이런 성격 때문에 나는 폭주 기관차에 올라탄 것만 같았다.

회사는 속도를 높여 돌아갔고 우리는 밤낮없이 바빴다. 마음속으로는 뭔가 이상하다고 느꼈지만, 모든 것이 이미 너무 늦어버렸다.

괴로운 것은, 내가 뭘 원하는지 알면서도 항상 원치 않는 일을 하고 있는 데다가 심지어 싫어하는 그 일을 아주 잘한다는 사실이었다. 나는 물건을 잘 팔고 거래처도 잘 뚫고 업무 능력이 뛰어났다. 어릴 때부터 돈 잘 버는 아이로 여겨졌고, 커서는 야시장에서 장사 잘하는 소상인이 되었으며 회사에서는 엄청난 능력자였다. 그렇지만 내가 하고 싶은 것은 오직 소설 쓰기였다.

참으로 이상한 일이었다. 부모님은 내 글쓰기에 미래가 없을까봐 걱정스러워 회사를 차린 것이었다. 필사적으로 200만 위안을 끌어다 투자했지만, 그것은 오히려 나를 정신적으로 무너뜨려 돌이킬 수 없는 길로 내몰고 말았다.

나는 두 번이나 집을 나갔고, 오랫동안 우울증 치료를 받았다. 창업하느라 빚을 짊어진 데다가 여자친구와 사이가 나빠져도 헤어질 수 없었고, 내가 회사를 떠나면 회사가 망하고 부모님은 또다시 파산할 것만 같았다. 나는 그 대가를 도저히 감당할 수 없었다. 하지만 회사에 남는다면 하고 싶지 않은 일을 밤낮으로 해야만 했다. 매달 지불해야 하는 어음이 수십만 위안에 달했고, 일은 하루도 쉴 수 없으니 스트레스가 극심했다. 여자친구는 날마다 맥주로 스트레스를 풀었고, 나는 스스로를 무감각하게 만들었다. 그렇게 나는 침실에 놓인 책꽂이도, 책꽂이에 꽂힌 책들도, 그 책들의 제목도 눈에 들어오지 않을 만큼 무감각해졌다.

나중에는 죽어야만 그 일에서 벗어날 수 있겠구나 하는 생각마저 들었다.

내 마음속 고통을 다른 사람에게 설명하기는 어렵다. 회사를 차려 사장이 되었고 사업은 무척 잘되었다. 계속 열심히 일한다면 빠르게 돈을 벌 수 있을 터였다. 그러나 우리는 하루하루가 너무 바빠서 대화할 시간조차 없었고, 틈을 내서 영화를 보거나 책을 읽는 것은 아예 불가능했다. 창업이란 늘 시작이 가장 어렵다는 건 나도 잘 알았다. 다들 몇 년만 버티면 좋아질 거라고 했다. 그렇지만 내게는 하루도 못 버티겠다는 생각, 이미 너무 오래 버텼다는 생각만 있었다.

그 일에서 완전히 벗어나는 데에는 많은 시간이 걸렸다.

이 기억에 대해 이미 여러 번 썼지만, 그때를 떠올리면 언제나 내 몸과 마음에 각인되다시피 한 고통이 또다시 나를 덮쳤다. 요 몇 년간 나는 노점에서 옷 파는 꿈을 몇 번이나 꿨다. 그보다 더 무서운 것은 어디로 가는지도 모른 채 또다시 트럭에 앉아 있는 꿈이었다. 그런 꿈속에서 과거로 돌아간 나를 보면 너무나 두려웠다. 깨어난 뒤에도 나는 한참 동안 슬품에 젖어 있었다.

『소녀의 기도少女的祈禱』를 쓰고 나자 뼈저린 깨달음을 얻었다. 어떤 상처는 결코 치유되지 않는다. 단지 상처와 더불어 지내는 방법을 찾았을 뿐이다. 어떤 악몽은 자꾸자꾸 나에게 돌아오고, 악몽 속에서 나는 여전히 그렇게 고통스럽다. 그러나 나는 다시는 고통을 피하느라 도망치거나 여기저기 숨지 않을 것이다. 고통을 피하고자 나 자신을 마비시키지 않을 것이며, 일부러 잊으려 하지도 않을 것이다. 이제 나는 안다. 진정으로 강인하다는 것은 아파하지 않는 게 아니라 아픔을 느끼면서도 용감하게 맞서는 것이다. 아픔이 또다시 나타나더라도 그 삶을 끌어안고 잘 살아내고자 분투하는 것이다.

절망의 눈을 비추는 것,
바로 문학

내가 아주 강하다고 생각하는 사람이 많지만, 사실 나는 노력하고 있을 뿐이다. 글쓰기 인생 30년 동안 위기가 많고도 많았다. 그래도 계속 글을 쓸 수 있었던 것은, 힘껏 버텨낸 까닭도 있지만 귀인을 숱하게 만난 덕이기도 하다. 그들이 어려운 시절의 나를 지켜주었다.

어릴 때 집안 형편이 안 좋아 고생을 많이 했다. 시장에서 자란 나는 장사는 잘하면서도 세상 물정은 하나도 몰랐다. 한정된 능력으로 돈을 벌어 빚을 갚고, 내 생계를 꾸리고, 살아내고자 발버둥 치다보면 다른 데 신경 쓸 힘은 남아 있지 않았다. 아짜오*는 이런 나를 눈치 없다고, 인간관계에 대해서는 아무것도 모른다고 했다. 가까이서 나를 관찰한 사람이니 틀림없는 사실일 테다.

예전에 친구가 온다고 하면 나는 각자 먹을거리나 마실 것을 챙겨오라고 했다. 내 냉장고 문을 열면 달걀 토스트와 채소밖에 없었으니까. 나는 음료나 간식을 사지 않기 때문에 친구에게 대접할 만한 것이 하나도 없었다. 몇 안 되는 내 지인은 자기가 먹을 도시락을 사는 김에 내 것도 하나 사오는 그런 사람들이었다.

예전에 원룸에 살 때 가까이 사는 친한 친구가 있었다. 그 친구는 우리 집을 지날 때마다 빵이나 냉동만두, 내가 사 먹지 못하는 과일 등을 가져다주었다. "쉐, 아래층 관리인한테 맡겨놨어." 나는 친구 얼굴을 보러 내려가지 않을 때도 더러 있었다.

모임이 있으면 그 친구는 내 밥값까지 몰래 내주곤 했다. 친구가 아니었다면 나는 모임에 나가지도 못했을 것이다. 보통 500~600위안씩은 드니까 말이다.

나는 연애를 많이 했다. 끝까지 잘 지내지 못하고 헤어졌을지라도 그들은 모두 내 삶의 어느 단계에서 매우 중요한 벗이었다. 나는 알고 지내는 사람이 거의 없었다. 나와 헤어진 그들은 누구보다 나를 이해하는 사람들이었고, 위기에 처한

● 『같이 산 지 십 년』(채안나 옮김, 글항아리, 2021)에서는 아짜오가 짜오찬런朝餐人으로 나온다. 짜오찬런은 '아침식사인'(아침을 거하게 차려주는 반려인)이라는 뜻으로 천쉐가 붙여줬다. 여기에 아阿를 붙여 친근감을 더했다.

나에게 손을 내밀어주었다. 드물게 만나는 사이가 됐어도 만날 때마다 마음이 참 잘 맞았고, 헤어진 이유는 대개 나 때문이었지만 우리 사이의 정은 다른 종류로 변했을 뿐 사라지지 않았다.

나는 어릴 때부터 집중력이 부족했다. 수업 시간에는 늘 한눈을 팔거나 꾸벅꾸벅 졸거나 몰래 소설을 읽었으며 무단결석도 다반사였다. 그러니까 성실한 학생은 전혀 아니었는데, 몇몇 특별한 선생님이 유난히 너그럽게 감싸주셨다. 나에게 가장 큰 영향을 끼친 사람은 대학 시절 지도교수님이다. 내 괴팍한 성정과 타고난 자질을 이해한 교수님은 내게 세속적인 잣대를 들이댄 적이 없었다. 교수님 덕분에 나는 내가 남들과 많이 다르더라도 거리낌 없이 살면서 내 길을 갈 수 있다는 사실을 깨달았다. 졸업하고도 교수님과 사모님은 나를 살뜰히 보살펴주셨고, 어떤 의미에서는 가족 같았다. 교수님이 아니었다면 나는 아마 일찌감치 휴학했을 테고, 나중에 이런 글을 써서 책을 내는 일도 없었을 것이다.

타이베이에 온 뒤로는 생활이 많이 불안정해 내 한 몸 겨우 건사하는 형편이었다. 하지만 처음 몇 년은 집에 일이 많이 생겨 종종 큰돈이 필요했고, 그런 갑작스러운 사건들 때문에 나는 늘 피폐한 채 막다른 골목에 몰려 있었다. 그러다보니 그 시절엔 내 정신 상태도 불안정할 수밖에 없었다. 어려운 일이 생겨도 나는 친구에게 말을 잘 못 꺼내는 성격이었다. 그때 다행히 멀리 외국에 있는 두 친구를 알게 됐고, 짧은 만남 뒤에 지기가 되었다. 나는 마음속에 품은 슬픔과 괴로움을 편지로 그들에게 털어놓을 수 있었다. 그저 편지를 주고받을 뿐 만나기는 힘들었지만, 그들은 내게 비밀을 말해도 되는 나무 구멍과도 같은 존재였다. 남에게는 말할 수 없는 아픔을 나는 기나긴 편지로 그들에게 토로했다.

그때 나는 우울증과 불면증으로 힘겨워하고 있었다. 언제 어디서 갑자기 빚이 나타나 나를 무너뜨릴지 몰라 날마다 근심에 휩싸여 있었다. 내가 할 수 있는 유일한 일은 필사적으로 글을 쓰는 것이었다. 그때 나는 연애건 돈벌이건 일이건 무엇 하나 뜻대로 되는 것이 없었다. 그런데 먼 곳에 있는 두 친구 덕분에 그 기나긴 시간을 미치지 않고 버틸 수 있었다. 집에 일이 터져 미칠 듯이 불안할 때마다 그들에게서 국제전화가 왔고, 그러면 나는 정신 나간 사람처럼 이야기를 쏟아냈다. 국제전화는 말소리가 멀게 들린다. 잡음 섞인 목소리, 친구들이 건네는 격려, 서로 멋대로 지껄이는 농담……. 그때 내가 대체 무슨 말을 했는지 잘 모르지만, 친구들이 늘 나를 염려하고 있다는 건 충분히 느낄 수 있었다. 그들은 내가 막다른 골목에 몰릴 때마다 돈을 보내고, 컴퓨터를 사주고, 병원비를 내주고, 집세를 내주었다. 나는 사는 게 힘들 때면 그들에게 편지를 써도 된다는 걸, 그들은 내가 붙들고 버틸 수 있는 부목처럼 도움의 손길을 내밀어준다는 걸 알고 있었다.

가장 고마운 일은, 그들이 그렇게 나를 지지해주면서도 나에게는 아무것도 요구하지 않았다는 것이다.

가끔 그들에게 물었다. 나한테 왜 이렇게 잘해주는 건데. 그러면 그들은 늘 이렇게 대답했다. 너는 그렇게 열심히 글을 쓰잖아. 우리한테는 네가 얼마나 소중한지 몰라. 네가 하는 것은 우리가 하고 싶었지만 못 했던 일이야. 꼭 기억해, 너는 정말 중요한 사람이야. 네가 하는 일, 네가 쓰는 소설은 너무너무 중요해. 그러니까 네가 잘 살아가는 건 정말 중요하다고.

그 말 한 마디 한 마디가 최면처럼 귓가에 맴돌았고, 어떤 말은 가슴속에 떨어져 단단히 뿌리를 내리고 조금씩 자라나기 시작했다.

그 시절 누군가가 늘 나에게 이런 말을 건넸다. 힘들다고 너무 걱정하지 마. 정말 문제가 생기면 나한테 말해. 교수님은 늘 웃으며 이렇게 말씀하셨다. 우리 집에 놀러 와, 국수 한 그릇쯤은 대접해줄 테니까.

2008년 병에 걸리자 세상이 정말 너무나도 불공평해 보였다. 2009년에는 연인과 헤어졌고 병세는 더 심해졌다. 눈앞이

캄캄했다. 끝이 올지도 모르겠다 싶었다. 어느 날 엄마가 전화해서 3만 위안쯤 보내줄 수 있느냐고 물었던 기억이 난다. 그때 내 계좌에는 5만 위안쯤 남아 있었다. 나는 난생처음으로 가족에게 내가 어떤 상황인지 솔직히 알렸다. 나는 엄마에게 이렇게 말했다. 보내줄 테니까 좀 기다려. 그런데 나 할 말이 있어. 나 이상한 병에 걸렸어. 낫지 않을 수도 있고, 일을 못 하게 될지도 몰라. 앞으로 또 돈이 필요해지면 나도 방법이 없을 수 있어. 그러고 나니까 더는 무슨 말을 해야 할지 알 수 없었다. 전화기를 사이에 두고 오랫동안 침묵이 흐르더니, 엄마가 나직이 흐느끼는 소리가 들려왔다. 엄마가 물었다. 널 챙겨줄 사람은 있니.

너무 따뜻한 느낌에 갑자기 울음이 터질 것만 같았다. 나는 있다고, 챙겨주는 사람 있으니까 걱정 말라고 하고는 전화를 끊었다.

그해 겨울, 그 두 친구가 일주일에 세 번 도우미 아주머니를 청해 식사 준비와 청소를 맡겼다. 아주머니가 보살펴준 덕분에 나는 병원에 갈 기운이 생겼고, 조금씩 회복해 두 달이 지나자 스스로를 돌볼 수 있었다. 그렇게 나는 가장 위태로웠던 추운 겨울을 넘겼다.

그때 친구들은 내게 끊임없이 말했다. 글 안 써도 괜찮아.

그냥 잘 살면 돼. 우리가 바라는 건 네가 행복하게 사는 것뿐이야.

그들은 내가 오로지 글만 쓰는 미치광이라면서 뭐라 하지 않았다. 나는 남에게 받은 도움에 보답하는 방법도 몰랐다. 그저 필사적으로 쓸 줄만 알았고, 어쩌면 내가 소설을 쓰는 것이 보답의 방식일지도 모른다는 생각이 들었다. 친구들은 내게 어떤 것도 요구하지 않았다. 가장 기본적인 사교 활동조차 좀처럼 하지 않는 나에게, 그들은 줄곧 이 사실을 일깨워주는 것만 같았다. 나는 글을 쓰며 잘 살면 된다고, 일부러 무언가를 할 필요는 없다고, 나는 사랑받을 가치가 있는 사람이라고.

나는 눈물을 거의 흘리지 않는 사람이지만 그들을 생각할 때마다 눈물이 날 것 같다. 언젠가 나도 그들 같은 사람이 되고 싶을 따름이다. 다른 이들을 곤경에서 건져내고, 사랑이 가장 필요한 이들에게 사심 없는 사랑을 내주는 그런 사람이. 이 세상에도 그런 사랑이 있다. 가장 깊은 어둠을 비추고 절망의 눈을 비추어 아름다운 작품이 태어나게 해주는 사랑, 그것은 바로 문학이다.

무엇 때문에 쓰는가,
누구를 위해 쓰는가

꽤 오랜 세월 글을 써왔다. 처음에는 정말 아무 생각이 없었다. 그냥 글을 쓰면서 나만의 세계로 빠져드는 시간을 좋아했던 것 같다. 내가 소설 한 편을 만들어내는 모든 과정이 좋았고, 가진 것 하나 없는 내가 텅 빈 허공에서 하나의 작품을 창조해내는 그 풍요로운 느낌이 좋았다.

대학을 갓 졸업하고 매우 혹독한 시기를 보냈다. 식구들은 반대하고, 친구들도 이해 못 하고, 상도 못 받고, 인맥도 없었다. 심지어 나 자신조차 작품을 발표할 생각이 들지 않았다. 나는 글을 쓰고자 문과 졸업생이 택할 만한 직업 대신 갖가지 고된 일을 전전했다. 서빙도 하고 노래방 도우미도 하고 영화표도 팔고 노점도 했다. 내 인생 최악의 시기에는 집 근처 빈랑 노점에 가서 일했는데 매우 인상적인 곳이었다. 사장님이 몸이 편치 않은 아버지의 일을 이어받아 운영하는 곳으로, 가게에 빈랑 서시西施•가 없고 사장님도 사모님도 빈랑을 먹지 않았다. 나는 그때 꾸밀 줄도 몰라서 늘 맨얼굴에 바싹 마른 두 손으로 빈랑을 쪼갰다. 가끔 손님들이 삐뚤빼뚤 쪼개졌지만 맛은 괜찮다며 나를 놀리기도 했다. 그때 빈랑을 쪼개느라 엄지손가락에 염증이 생기자 연인이 내 손을 보고는 손 다치는 그런 일은 다시는 하지 말라고 했다. 그러면서 이렇게 말했던 게 기억난다. 네 손은 소중해. 글 쓰는 데 써야지.

내가 말했다. 모든 사람의 손은 소중해. 나는 지금 잠깐 이 일이 필요할 뿐이야.

일을 그만두겠다고 하자 사장님이 물었다. 대학생인가? 우리가 보기엔 네가 좀 특이했어. 나는 대학을 졸업했다고, 속여서 미안하다고, 면접 볼 때 고졸이라고 했던 건 대졸이라고 하면 안 써줄 것 같아서였다고 말했다. 사장님은 웃으면서 그건 맞다고 했다. 사모님은 깜빡 속았다고, 말 안 했으면 다들 몰랐을 거라고 했다.

그날 일이 끝나고 사장님과 사모님이 저녁을 같이 먹자며 근처에 맛있는 사오주지燒酒雞••를 하는 노점으로 데려갔다.

• 길거리 노점에서 환한 조명을 밝히고 야한 차림새로 빈랑을 파는 젊은 아가씨. 춘추시대의 절세미녀 서시의 이름을 따왔다. 빈랑나무 열매인 빈랑은 각성 효과가 있는 기호식품으로 고령층이나 장거리 운전자, 육체노동을 하는 남성이 애용한다.
•• 닭고기에 약재와 술을 넣어 끓인 보양식.

우리는 저녁을 먹으며 이야기를 나눴다. 사장님이 말했다. 넌 고집이 무지 세 보여. 그러다 갑자기 부드럽게 말했다. 너는 말이지, 앞으로는 네가 좋아하는 일을 해. 그래야 오래오래 할 수 있을 거야.

그 무렵 안 좋은 일이 많이 생겼다. 글을 쓰고 싶은 열정이 나에겐 저주가 아닐까 하는 생각이 자꾸만 들었다. 왜 글을 쓰지 않는 나는 내가 아니라는 기분이 들까. 그때 아버지가 나에게 어렵사리 속마음을 털어놓았다. 내가 노점 일을 좋아서 하는 줄 아니? 사람이 자기가 좋아하는 일만 할 수는 없잖아? 우리는 너더러 큰돈을 벌라는 게 아니야. 하지만 네 힘으로 먹고는 살아야지. 그게 큰 걱정이다.

그때 나는 아버지에게 이렇게 물어보고 싶었다. 그럼 아버지가 진짜 좋아하는 일은 뭐예요? 아직 선택할 기회가 있다면 무슨 일을 하고 싶으세요? 아버지는 싫어하는 일을 하면서 우리를 키웠다. 하지만 나는 내가 좋아하는 일을 하면서 살길을 찾고 싶은 마음이 간절했다.

나는 어려서부터 시장에서 자랐다. 부모님이 하시는 일 때문에 수치심이나 열등감을 가진 적은 없다. 나는 시장과 길거리에서 고생스레 일하는 사람들을 무척 좋아한다. 다만 안타깝게도 내 안에는 글쓰기라는 꿈이 있었고, 그것이 모든 것을 넘어서고 말았다. 나는 내면의 소리에 귀 기울일 수밖에 없었다. 힘들 게 뻔히 보여도 직접 걸어보고 싶었다. 최선을 다해봐야 단념이 될 것 같았다.

이 길을 걸은 지 30년이 됐고 후회한 적은 없다.

30년 동안 나는 많은 전환을 경험했다. 데뷔했을 때의 논란, 이어지는 2~3년간의 공백, 생업에 바빠 소설을 못 쓰게 되고, 글을 못 쓰니 우울증에 걸리고, 타이베이에 와서는 경제적 스트레스로 외로움과 두려움을 겪었다. 나중에는 병까지 걸려 살길을 찾기는커녕 자립조차 못 하면 어쩌나 하는 걱정에 짓눌렸다. 그런데 가장 어두운 순간에도 글을 쓰지 않겠다는 생각은 단 한 번도 해본 적이 없다.

내 소설 창작도 많은 단계를 거쳤다. 나는 끊임없이 나 자신을 변화시켰으며 그때마다 일부 독자를 잃었다. 이런 과정을 나는 하나씩 하나씩 견뎌냈다. 나는 단념하지 않았고, 내면의 열정은 오히려 점점 더 불타올랐다. 가난한 시절이 계속되었다. 한참이 지나서야 서서히 좋아지면서 조금 더 자유로이 살게 됐다. 그러면서 이런 느낌이 들었다. 나는 한 권 또 한 권 써내는 내 작품에 의지해 가시덤불 속에서 돌과 벽돌을 하나하나 쌓아올리고 있다고, 그렇게 어려움을 헤쳐나가며 스스로에게 살길을 열어주고 있다고.

누군가는 이렇게 물을지도 모르겠다. 당신은 명예를 위해 글을 쓰는가, 돈을 위해 글을 쓰는가?

솔직히 말해서 나는 내가 무엇을 위해 글을 쓰는지 생각해본 적이 없다. 그냥 쓰지 않을 수가 없었고, 내내 그렇게 소설을 썼다.

지금까지도 똑같다. 나는 소설 쓰는 시간을 참 좋아한다. 잠자리에서 일어나 늦은 아침을 먹고, 컴퓨터를 켜고, 파일을 열고, 바흐를 튼다. 한순간에 내 주위에 있던 모든 것이 물러가고 내 마음은 온통 소설 속으로 빠져든다. 그러면 넓디넓은 세상이 열린다.

예전에 나는 길가에 노점을 벌여놓고 거기서 글을 썼고, 배송하면서 묵어가는 모텔에서 침대 머리맡의 작은 스탠드를 켜놓고 쓰기도 했으며, 계혈석과 종유석, 커피와 간식을 파는 카운터에서 글을 쓴 적도 있다. 긴긴 고속도로를 달리는 여덟 시간 동안은 종이와 펜이 없어 소설 내용을 머릿속으로 되풀이했고, 그렇게 마음속에 새기며 머릿속으로 글을 써나갔다.

그 시절과 비교하면, 지금의 내게는 비바람을 걱정할 필요 없는 집이 있고, 컴퓨터도 있고, 고양이도 있다. 그런데 무슨 불만이 있겠나? 이제 시간만 있으면 글을 쓸 수 있다. 『부마자』를 쓸 때는 장거리 연애를 하고 있었다. 나는 빌린 노트북으로 여자친구 숙소에서 글을 썼다. 『아버지가 없는 도시無父之城』를 쓸 때는 위층에서 인테리어 공사를 하는 바람에 두어

달을 소음 속에서 지냈는데, 일단 소설의 세계로 빠져들면 그 끔찍한 소음은 하나도 귀에 들어오지 않았다.

그런데 알고 보니 나 자신만을 위해 글을 쓰는 것이 아니었다. 내 마음속에는 언제나 내가 알지 못하는 누군가가 있었다. 나는 그 사람을 상상한다. 그 사람이 어딘가에서 내 소설을 읽는다. 그리고 그 속에서 자신처럼 외롭고, 괴롭고, 적막한 기분을 혹은 이해받지 못하고 세상에 거부당하는 느낌을 만난다. 소설에 빠져 있는 동안 그는 근심 걱정을 모두 잊는다. 아니면 세상에서 나 혼자만 힘든 게 아니라는 위로를 받는다. 그것도 아니면 그저 내 소설을 열심히 읽고는 헛되이 시간을 보내지는 않았다며 만족한다.

어느 날 아짜오가 카페에서 우연히 만난 외국인 이야기를 해주었다. 중국어를 3년쯤 배웠다는 그는 도서관에 가서 천쉐의 책을 읽었는데 너무 좋아서 누군가와 토론하고 싶어졌다고, 『친애하는 공범자親愛的共犯』를 좋아한다고 했다. 그러면서 천완링은 어떤 사람이고 추이무원은 어디가 어떻게 불쌍한지 줄줄 이야기하는데 소설 속 인물들이 진짜처럼 생생하게 느껴질 정도였다고. 이 얘기를 듣고 나는 뛸 듯이 기뻤다. 그때 내 책은 아직 외국에 번역된 적이 없고 상도 많이 못 받았지만, 때로 이렇게 지음 같은 독자가 나에게 크나큰 위안을 안겨주었다.

어쩌면 나는 젊어서 너무 힘겨웠는지도 모른다. 내게 글쓰기란 그저 동경이자 사랑인지라 책이 나올 때마다 깊이깊이 감사할 따름이다. 지금도 나는 소설을 쓴 수입으로만 생활이 되는 작가는 아니다. 하지만 글을 쓰기 위해 다른 일을 꾸준히 하면서 서로서로 도와가려 한다. 소설은 나의 내면을 풍요롭게 지켜주고, 내 삶 또한 나의 글쓰기를 풍요롭게 지켜준다.

오로지
더 잘 쓰고 싶을 뿐

처음엔 그냥 이야기하는 게 좋았다. 이야기는 가난한 사람이 스스로를 위해 허공에서 만들어낼 수 있는 선물이었으니까.

어릴 적 내 곁에는 이야기꾼이 참 많았다. 우리는 이웃에 사시는 할아버지 댁에 가서 배드민턴채 만드는 일을 도왔고, 그럴 때면 할아버지는 우리에게 역사 이야기를 들려주셨다. 할아버지는 『삼국연의』나 『서유기』에 충효 사상을 입혀 교육적인 내용으로 만들었다. 나는 경기 들린 아이의 혼을 불러 달래주는 이웃집 할머니를 도우러 가는 것도 좋아했다. 할머니도 이야기를 참 잘하셨기 때문이다. 할머니가 들려주는 서왕모와 칠선녀,• 저승 이야기는 놀랍고 재미나면서도 무시무시해서 듣다보면 나쁜 짓을 할 마음이 싹 사라졌다. 엄마도 타고난 이야기꾼이었다. 책도 많이 안 읽었는데 어디서 그런 로맨틱한 이야기가 나오는지 신기할 따름이었다. 엄마가 아직 일하러 나가지 않던 시절엔 우리 공부를 봐주었고, 공부가 끝나면 이야기를 들려주었다. 엄마는 작은 칠판에 눈망울이 반짝이는 소녀가 나오는 순정만화를 그려가면서 스스로 지어낸 사랑 얘기를 덧붙였다. 그러면서 엄마 스스로 도취되었고, 나도 넋을 잃고 듣곤 했다.

그러다 집이 망하고 학교에서 인기 없는 사람이 되면서 나는 매우 예민해졌고, 냉대와 멸시의 눈초리에 상처를 받았다. 어느 날 학교를 파하고 다 같이 친구 집에 놀러 갔다. 그런데 과일을 주려 올라온 친구 엄마가 나를 한쪽으로 부르더니 엄하게 말했다. "너처럼 집안 환경이 비정상적인 아이는 우리 집에 놀러 오면 안 된다. 학교에서도 우리 아이한테 나쁜 영향을 끼치지 말고."

나는 가방을 도로 들고는 배가 아프다는 핑계를 대며 자리를 떴다. 계단을 내려가는 내게 그 아주머니가 보낸 싸늘한 화살 같은 눈빛은 영원히 잊지 못할 것이다. 나는 집으로 돌아가면서 생각했다. 우리 집은 비정상이 아니야, 아줌마가 말한 그런 가족이 아니라고.

● 서왕모는 중국 신화 속 불로불사의 여신이며, 칠선녀는 서왕모의 딸 또는 시녀로 등장한다.

나중에는 길거리에 있는 가게에도 가고 싶지 않았다. 갈 때마다 우리 엄마 험담이 들려왔기 때문이다. 어른들의 말은 너무나 잔인하고 노골적이었다. 내가 옆에 있어도 아무 거리낌이 없었다. 그래서 나는 특별히 강해져야 했고, 공부를 열심히 해야만 가족을 지킬 능력이 생긴다는 것도 잘 알았다.

그때 학교에서 말하기 수업이 있었다. 내 차례가 되어 단상에 올랐다. 이야기를 마치자 다들 힘차게 손뼉을 쳤다. 선생님은 원래 나에게 몹시 차가웠는데 갑자기 다음 말하기 수업에서도 나를 지정해 또 다른 이야기를 하라고 했다. 그 뒤로 다들 내 이야기를 너무 좋아해서 수업 시간 내내 내가 이야기를 하고 다른 아이들은 앉아서 듣는 식으로 바뀌었다. 한번은 옆 반 선생님까지 아이들을 데려와 내 얘기를 들었다. 기대에 찬 눈빛들을 바라보며, 내 이야기에 따라 달라지는 모두의 표정을 느끼면서, 나는 내가 이야기를 할 수 있다는 사실을 알게 됐다. 천일야화처럼, 나는 이야기하는 능력에 의지해 학교에서의 내 운명을 바꾸었다. 그때 우리 집에는 교과서 말고는 책이 한 권도 없었기에 여기저기서 들은 이야기를 개조하거나 내가 지어낸 내용을 덧붙이곤 했다.

내가 이야기를 만들어낼 수 있다니, 그건 가진 것 하나 없던 나에게 중대한 발견이었다. 나는 더 이상 다른 아이들의 아름답고 정교한 그림책이나 만화책도, 값비싼 장난감까지도 부러워할 필요가 없어졌다. 나는 이야기를 쓰고 말할 수 있었고, 그것은 그 어떤 것보다 더 재미났다.

글을 쓰기 시작하고부터는 오로지 글쓰기에 전념했다. 그건 마치 나 혼자만의 은밀한 세계 같았다. 나는 조용히 소설을 쓸 뿐 책을 낼 방법은 서른 살에 생각하려 했다. 아직 시간이 많이 남았으니 천천히 준비해도 되었다. 투고하거나 출판하겠다는 생각은 없었다. 이상하게도 나는 내 작품이 많이 특이하고 시대가 나를 아직 이해하지 못한다는 걸 알고 있었던 듯하다. 남에게 영향을 받지 않으려고 발표나 출판에 적극적으로 나서지 않았고, 유명해지거나 책을 내는 것보다 나만의 소설들을 써나가고 싶었다.

대학을 졸업하자 절망적이고 궁핍한 시간이 많이 닥쳤다. 나는 괴로움과 자기 연민 속에서 허우적거렸다. 다른 사람의 축복은 바랄 수도 없었다. 글쓰기에도 아직 별다른 성과가 없었다. 나는 이 일 저 일을 전전했고, 임금이 체불되어 집세도 제때 못 낼 지경에 이르러 두 가지 일을 겸해야 했다. 동기들은 모두 교사가 되거나 괜찮은 직장을 잡았다. 부모님은 글쓰기에 집착하는 나를 보며 속앓이를 했고, 나를 사랑하는 사람들도 내 고집을 지켜보며 걱정스러워했다. 나는 어디 자랑할 만한 것, 칭찬받을 만한 것이 아무것도 없었다.

아무리 험난한 길을 가야 해도 나는 쓰고 싶었다. 내 생각에 글쓰기는 가장 돈이 안 들면서도 나 자신이 될 수 있는 유일한 것이었다. 나는 초라한 셋방에서 조용히 글을 썼다. 원고지는 아주 싸다. 나는 먼저 노트에 글을 쓴 다음 차례차례 원고지에 옮겨 썼다. 나는 영화 감상 말고는 아무런 취미가 없었다. 여느 여자들과 달리 화장도 할 줄 몰라 꾸미지도 않았고, 친구도 거의 사귀지 않았다. 다른 사람들의 얘깃거리에는 아무 흥미가 없었고, 일을 마치고 다 같이 회식을 해도 끼기 싫었다. 내게는 오락이란 것이 아예 필요 없었다. 일하고 남는 시간에 글 쓰고 책을 읽는 것이 나에겐 가장 즐거운 일이었다.

천만다행으로 친구가 내 글을 신인상 공모전에 응모해주었다. 상을 받지는 못했지만 책 출간 계약을 따냈다. 그때 나는 스물다섯 살이었다.

계획보다 5년 일찍 작가가 됐지만, 현실에서 작가라는 타이틀은 그때의 내 생활에 전혀 도움이 되지 않았고, 오히려 나 자신의 삶을 살고 있지 않다는 사실을 일깨워주었다. 우연히 만난 소설가 선배가 말했다. "배송은 그만 다니고 얼른 글쓰기에 전념해야지."

'글쓰기에 전념하라'는 그 말은, 그때의 나에게는 아득히 멀게만 들렸다.

3년간 노력하고 분투한 끝에 마침내 집을 떠나 타이베이에 자리를 잡았고, 비로소 글만 쓸 수 있게 됐다.

소위 문단이란 곳에 정말로 들어오고 나니, 동년배 작가들에 비하면 나는 배경도 없고, 수상 경력도 없고, 출신도 별로고, 집안의 빚을 짊어진 데다가 사교성도 없었다. 그때의 폐쇄적인 환경에서 나는 곧 별종이었다. 이런 내가 살아남을 수 있을까? 나는 내 소설을 쓸 뿐 인간관계를 유지하려 애쓰지도, 남과 비교하지도 않았다. 책을 낸 것 말고는 오랫동안 아무것도 얻은 게 없어 보였고, 언제나 가난하고 외로웠다. 그때 내가 낙담했던가? 기억은 잘 안 나지만, 기대해본 적이 없어서 낙담도 안 했지 싶다. 내 머릿속에는 어떻게 하면 회사 일을 안 하고 살길을 찾을 수 있을까, 내 생활비와 가족에게 보낼 돈을 벌고 나면 열심히 글을 써야겠다는 생각뿐이었다.

현실에서 나는 가진 것 하나 없지만, 책상 앞에 가서 컴퓨터를 켜고 키보드에 두 손을 올리기만 하면 세상 하나를 창조할 수 있었다.

정말 긴 세월 동안 노력했다. 어렸을 때처럼 내가 강하다는 걸 증명하기 위해서가 아니라, 소설을 쓰는 게 정말 좋고 더 잘 쓰고 싶어서였다. 글을 쓰지 않을 때 나는 사교성이 심하게 떨어지고 눈치도 없는 사람일 뿐이다. 나는 지금까지도 젊은 시절의 절약하는 습관을 유지하고 있으며 취미나 오락

거리도 딱히 없다. 그저 내가 하고 싶은 일을 하고, 잘해내려고 온 힘을 다할 뿐이다.

지금까지 나는 이렇게 글을 써왔다.

예전에는 헛된 꿈을 꾸는 것 같아 감히 이런 말을 못 했다. 하지만 지금은 믿는다. 가진 것 하나 없어도 꿈을 추구할 수 있다고. 꿈은 가난하고 약한 사람들에게 하늘이 주는 최고의 선물이니까. 또 진정한 실력이 영원히 묻혀 있지는 않을 거라 믿는다. 다만 장기적으로 멀리 봐야 한다. 반드시 자신의 가치관을 가져야 한다. 한순간의 성공이나 실패에 흔들리지 말자. 남들이 지름길로 가는 걸 보고 따라가려 하지 말자. 스스로 차근차근 기초를 다져야 한다는 걸 잊은 채 헬기를 타고 올라가는 누군가를 보지 말자. 멀리 또 깊이 보는 우리가 추구하는 것은 일시적인 명성이 아니다. 나 자신으로 살아가며 나의 염원을 이뤄내고 싶다면, 한 발 한 발 성실하게 내딛으며 실현해나가면 된다.

남들이 하는 말, 호평과 악평, 칭찬과 비평은 모두 일시적이고 모두 주관적이며 모두 '다른 사람의 견해'다. 우리는 다른 사람의 견해에 기뻐하거나 슬퍼하고 심지어 자신을 변화시킬 필요가 없다. 그 말이 우리가 진정으로 믿고 따르고 존경하는 사람이 우리에게 건네는 조언이 아니라면 말이다. 다만 내가 정말 신뢰하고 존경하는 사람의 조언이 내 소설에 상처를 입힌다면, 나는 여전히 내 방식대로 내 작품을 지키려 노력할 것이다.

꿈을 이뤘냐고 묻는다면?

『소녀의 기도』 뒷부분에 이런 구절을 썼다. "내가 평생 살고 싶은 삶이 이런 모습이지 싶다. 테라스가 딸린 작은 집, 그리고 고양이 한 마리. 나는 아침부터 저녁까지 소설을 쓴다. 기울어가는 저녁 해를 바라보면서, 마지막 빛줄기를 쫓아가 문장을 써낸다. 600칸 원고지가 나의 온 세상이다."

지금도 나는 내가 온 마음을 다해 꿈을 쫓는 그때의 20대 어린애처럼 느껴진다. 나는 내가 원하는 삶을 얻었다, 단 한 번도 후회하지 않고서.

꿈을 위해 노력하는 모든 이에게 축복을!

2부

창작자에게
건네는
열 가지 조언

루틴의
힘

　　1년에 8~9개월은 소설을 쓰고 있다. 소설을 쓸
때는 나만의 특별한 의식이 있다. 최근 2년 동안은 아주 실컷
자고 있다. 11시쯤 느지막이 일어나고, 아침으로는 보통 토스
트에 아짜오가 나가기 전에 삶아놓은 달걀과 견과류 몇 알,
두유 한 잔을 먹는다. 그러고 나면 이메일부터 확인하는데 대
충 훑어만 볼 뿐 서둘러 답장을 쓰진 않는다. 메일함을 닫으
면 이어폰을 끼고 음악을 듣는다. 대개 바흐부터 시작한다.
글렌 굴드가 연주하는 바흐는 소설 속으로 들어가는 비밀번
호다. 앨범 몇 장을 여러 해 동안 듣고 있는데 조금도 질리지
않는다.

　　내 책상은 창가에 놓여 있다. 나는 커피나 차를 마시지 않
는다. 따뜻한 물 한 잔을 갖다놓고 수시로 수분을 보충한다.

먼저 어제 쓴 부분을 훑어보며 조금 다듬는다. 처음 키보드를 두드릴 때는 별 느낌이 없을 수도 있지만 이전 원고를 수정하다보면 금세 소설에 빠져든다. 방 안은 무척 조용하다. 들리는 거라곤 이어폰 속 음악 소리뿐이다. 몰입해서 쓰다보면 그마저 거의 들리지 않지만, 그래도 그 피아노 소리가 귓가에 울리면 마음이 편안해진다.

하루에 대략 1000~2000자를 쓰고, 서너 시간만 쓴다. 중간에 간식을 조금 먹으며 에너지를 보충할 뿐 오후까지 쭉 이렇게 써나간다. 분량을 초과해 더 달리지 않고 쓸 만큼 썼으면 손을 뗀다. 창밖을 내다보면 하늘빛이 조금 달라져 있다. 먼 곳을 바라보며 눈을 쉬어준다.

소설을 다 쓰고 나면 다시 한번 메일함을 열어 업무를 하나하나 처리한다. 그러고 나서야 페이스북을 훑어보며 답해야 할 메시지에 답하고 글을 올리고, 아니면 친구와 간단히 수다를 떨면서 휴식을 취한다. 시간이 충분하면 청탁 원고나 내 에세이를 쓰는데 이 또한 모드를 전환한 휴식인 셈이다. 역시 많이는 쓰지 않고 5시 정각에 일을 마친다.

아짜오가 출근하는 날이면 나는 꼬박꼬박 요가를 하고, 아짜오가 쉬는 날이면 상황을 봐서 조절한다. 소설을 다 쓰고 나서 요가를 하면 몸이 편안해질 뿐만 아니라 머리도 싹 비워진다. 요가까지 마치면 하루를 충실히 보낸 기분이 들어 제대로 쉰다.

이때는 보통 빨래를 하거나 청소기를 돌리는 등 간단한 집 안일을 한다.

아짜오가 돌아올 때까지는 독서 시간이다. 작업에 필요한 책을 이 시간에 열심히 읽는다.

8시면 아짜오가 돌아온다. 우리는 함께 저녁을 만들고 저녁밥을 먹으며 이야기를 나눈다. 밤에는 영화나 시리즈물을 같이 보고, 12시가 되면 나는 방으로 들어가 책이나 드라마를 보면서 천천히 잘 준비를 한다.

일 때문에 가는 여행이나 출장을 빼고는, 초고를 쓸 때 어떤 문제에 부딪히더라도 이렇게 주 5일 소설을 쓰는 규칙적인 생활을 한다. 하루하루 꾸준히 써나가면서 소설 속 문제는 되도록 글 쓰는 시간에 해결하려 애쓰고, 해결이 안 된다 해도 일정량을 채운다. 쓸모없는 몇백 자를 써도 상관없다. 결국 삭제하게 되더라도 이것 또한 연습이라 여기며 변함없이 키보드를 두드린다. 나는 규칙적인 생활을 좋아한다. 연습하면 글 쓰는 감각을 쭉 유지할 수 있다.

아짜오와 함께 살면서 어느덧 이어폰만 끼면 글 쓰는 상태에 돌입하게 됐다. 이는 스스로를 제약한다고도 할 수 있는 일종의 습관이다. 음악이 흐르면 나는 곧바로 나만의 세계, 소설의 세계로 들어간다.

장편소설 집필은 노동이라 할 수 있다. 오랜 시간 집중할 수 있는지, 긴 시간 한 글자 한 글자 두드릴 수 있는지, 그리고 구상해놓은 모든 생각이 진짜가 될 수 있는지 시험하는 것이다. 그 과정에서 예측하지 못한 갖가지 상황이 닥치지만, 모든 시련을 통과해야만 작품이 완성된다. 내 가장 큰 장점은 잘 버틴다는 것이다. 그리고 나 자신에게 그리 큰 기대가 없다. 그리하여 나는 내 초고가 언제나 못 봐줄 만큼 끔찍하다는 사실을 알면서도 용감하게 쓰고, 고치고 또 고치며 나아간다. 아짜오가 원고를 봐주지 않던 시절에 내 장편소설은 3만~5만 자를 쓰고는 폐기됐다가 다시 시작되곤 했다. 이렇게 몇 번을 되풀이하다가 대개 서너 번째 버전에 가서야 확정되었다. 나중에 아짜오가 원고를 봐준 뒤로도 앞부분을 여러 번 버린 끝에야 초고를 완성했고, 그러고서도 부분 부분은 또 몇 번씩이나 폐기되었다. 이렇게 다시 쓰는 일이 다반사이며, 내 소설은 모두 수십 가지 버전으로 컴퓨터에 저장되어 있다.

쓰는 과정에서 몇 번이나 무너질지라도 또다시 소설과 마주해야 했다. 나는 이를 장편소설 작가가 되기 위한 필수적인 수련으로 여겼다. 이것을 견뎌내지 못한다면 긴 시간 글을 써나갈 수 없다고.

나는 루틴의 힘을 믿는다. 반드시 주 5일은 아니더라도, 일주일에 하루 이틀이라도 꾸준히 지속하면 어느 정도 결과물이 쌓이기 마련이다.

일단 쓰면 딱히 고칠 필요가 없는, 단번에 그토록 유창하고 아름다운 글을 써내는 천재형 작가도 있다. 나는 그런 사람이 아니다. 나는 일찌감치 내 특성을 똑똑히 인식했다. 나는 천재가 아니며 그런 재능을 추구하지도 않는다. 글쓰기에서 가장 매혹적인 부분은, 글을 쓰기 전에 나는 평범한 사람이었지만 그렇게 하루하루를 보내다보면 오랜 시간을 거쳐 다듬어진 작품이 글쓴이 자신보다 훨씬 더 아름다워진 모습을 보게 된다는 것이다. 이렇게 오래오래 노력하다보면, 끝내는 하늘로 올라가 약간의 신력을 훔쳤다는 느낌이, 소설의 신이 더없이 귀중한 무언가를 아주 조금씩 우리에게 돌려주고 우리 작품 속에 그걸 집어넣어주었다는 느낌이 들 것이다.

눈만 높고
실력은 못 따라간다면?

　　누군가 내게 이런 말을 했다. 자기가 책을 잘 안 읽는 이유는 실력에 비해 눈만 너무 높아질까봐 걱정스러워 서라고.

　　많은 사람이 이를 책을 읽지 않거나 글을 쓰지 않는 핑곗 거리로 삼는 듯하다. 그러나 실력에 비해 눈이 높다는 얘기는, 그냥 글을 잘 못 쓰는 거다. 글을 잘 쓰고 못 쓰고는 눈이 좀 높아지는 것과는 아무 상관이 없다. 눈이 낮으면 좋은 글이 술술 써질까?

　　좋은 글을 못 쓰는 이유는 여러 가지다. 내가 보기에 가장 흔한 이유는 다음과 같다. 너무 적게 쓰는 것, 연습을 게을리 하는 것, 글감을 제대로 파악 못 하는 것, 장르를 잘못 택하 는 것. 시를 쓰기에 알맞은 사람이 있고, 에세이나 기사를 쓰기에 알맞은 사람이 있으며, 소설을 쓰기에 알맞은 사람이 있다. 나에게 시를 쓰라고 하면 제아무리 고심하고 갖은 애를 써도 효과는 별로 없을 것 같다. 억지로 안간힘을 쓰면 조금 성과가 있을지도 모르지만, 시는 내게 매력 있는 장르가 아니다. 무대를 제대로 찾아야 내 재능을 더 잘 펼칠 수 있는 법이다.

글을 쓰려면 반드시 책을 읽어야 한다. 광범위하게, 깊이 있게 읽어야 한다. 고전을 읽고 좋은 책을 읽어야 하며 심지어는 기술 관련 책도 읽어야 한다. 책 읽기를 안 좋아하면서 글쓰기를 좋아한다는 건 내가 보기엔 매우 이상하다. 그런데 요즘은 쓰기는 좋아하는데 읽기는 좋아하지 않는다는 사람이 갈수록 많이 보인다. 진즉에 읽었어야 할 책은 철저히 독파해야 한다. 책을 읽지 않으면서 책을 잘 쓰기란 정말 어려운 일이다. 아무리 타고난 재능이 있다 해도 말이다.

그렇다면 책을 너무 많이 읽어서 실력에 비해 눈만 높아지는 걸 피하려면 어떻게 해야 할까? 내 생각엔 많이 쓰는 것이 가장 좋은 방법이다. 쓰기보다 읽기를 훨씬 더 좋아해서 글을 적게 쓴다? 그러다보면 점점 더 못 쓰게 되는 악순환에 빠지고 만다.

작가가 되려면 반드시 책을 읽어야 하지만 글도 꼭 써야 한다. 끊임없이 쓰다보면 저절로 지금 내 수준을 알게 된다.

쉼 없이 작품을 완성해나가다보면 위대한 작가들과 비교하는 마음도, 하루아침에 이뤄내고 싶은 마음도 차츰 잊힌다. 한 글자 한 글자 써나가는 과정이라는 글쓰기의 진실된 면모로 돌아온다. 어떤 작가를 흠모할 수도 있고, 위대한 작가를 존경하고 심지어 추앙하거나 숭배할 수도 있으며, 그 위대한 작품들 때문에 나 자신이 보잘것없게 느껴질 수도 있다. 하지만 하나의 개념, 하나의 이미지에서 출발해 글을 쓰기 시작하면 손가락 사이에서 진실한 문자가 흘러나온다. 처음에 느꼈던 좌절감 때문에 멈춰 있지 않는다면 서서히 현실감이 생겨난다. 내 작품이, 나 자신이 어디를 걷고 있는지, 어느 수준인지 눈에 보인다. "난 마르케스가 아니야" 하면서 포기하지 않는다면, 마르케스는 아니지만 나만의 스타일이 있으며, 내가 표현하고 싶은 게 있고, 내가 해낼 수 있는 게 있다는 사실을 서서히 깨달을 것이다.

줄기차게 쓰고 계속해서 작품을 완성하는 한, 눈만 높고 실력은 처지는 일이란 없다.

내 글이 별로인 것 같아서 안 쓰겠다고? 세상에 마르케스가 있고 장아이링이 있는데 내가 굳이 쓸 필요가 있느냐고? 그러면 안 쓰면 된다. 나는 쓰고 싶지 않은 사람에게 쓰라고 권하지는 않는다. 글쓰기라는 일은 자발적이지 않으면 할 수 없다.

그런데 쓰고는 싶다, 다만 내가 쓴 작품을 보니 좌절감과 무력감에 빠질 때, 머릿속에 있는 구상과 막상 펜을 들어 써낸 글이 너무나 동떨어져 있을 때는 어떻게 해야 할까?

조언하자면, 눈이 높은 것은 좋은 일이다. 다만 스스로에게 지나친 기대를 하지 않는 것이 중요하다.

시작부터 좋은 글이 나오지 않는 것은 자연스러운 일이다. 제아무리 위대한 작가라 해도 펜을 들자마자 완벽한 글을 써내진 않는다. 시작에도 여러 가지가 있다. '글쓰기의 초기' 같은 시작도 있고, 책의 시작이나 작품의 시작도 있으며, 매일 글쓰기의 시작도 있다. 어떤 시작이든 시작은 늘 어렵다. 시작이 어렵기 때문에 우리는 계속 써야 하는 것이다. 그 어려움을 차근차근 잘 고치고, 글을 쓸 때 부딪히는 난관을 잘 처리하고, 이 작품에서 다음 작품으로 넘어가는 고비를 잘 이겨내야 한다.

글쓰기에서 가장 큰 두려움은 동기 부여가 안 되는 것, 무엇을 써야 할지 모르는 것, 그리고 쓰겠다는 의욕이 없는 것이다. 하지만 그것도 두려워할 필요가 없다. 쓰고 싶은 것이 정 없으면 쓰지 말자. 글감이나 욕망이 샘솟아 넘쳐날 때 다시 쓰면 된다. 계속 없으면 다른 일을 찾아도 되고 말이다.

하지만 정말 쓰고 싶은 욕구, 열정, 충동 또는 필요가 있는

데 일시적인 난관에 부딪힌 거라면, 시작이 어렵다거나 지속할 동력이 떨어진 문제, 곤경이 닥쳤거나 영감이 떠오르지 않는 문제 등은 모두 해결할 수 있다.

시작이 힘들다면, 내가 생각하는 가장 좋은 방법은 거칠게 쓰는 것이다. 쓰고 싶은 것을 일단 가장 직설적인 방식으로 써보자. 투박하고 울퉁불퉁해도 상관없다. 우리는 지금 시작에 어려움을 겪고 있을 뿐이다. 일단 써낸 다음 보완하면 된다. 심지어 모조리 지워버려도 관계없다. 정말로 쓰려는 것을 쓰고 나서 고치고 다듬으며 더 나아지는 과정을 거치는 것, 이것이 긍정적인 순환임을 알게 되리라. 일단 펜을 들고 쓴다, 그다음 고친다. 펜을 들지 않고서 나중의 글쓰기란 있을 수 없다. 계속해서 고쳐나가는 것을 잊지 말자. 모조리 다시 써야 하는 일이 생길 수도 있지만, 글을 쓸 수 있다는 느낌을 기억하는 거다. 퇴고는 좋은 작가라면 반드시 거쳐가는 길이다. 만족할 때까지 천천히 고쳐나가자.

삶이란 유연해야 한다. 글쓰기에 임하는 자세도 마찬가지다. 두드러지고 놀랍고 화려한 데뷔를 위해 만반의 준비를 하고 싶어하는 사람이 많지만, 내 생각은 다르다. 일단 저지르고, 그러고 나서 더 좋아지면 된다. 처음 소설을 쓰기 시작했을 때 나는 유난히 대담했다. 실수도 겁나지 않았고 내 글이 썩 훌륭하지 못해도 두렵지 않았다. 단편 하나를 써냈다는 것이 나에겐 이미 커다란 꿈이 실현된 것이었다. 한 편 한 편 써 나갈 때마다 스타일이 달라졌다. 나는 여전히 내 목소리를 찾고 있었지만, 그리 아름답지 않은 소리일지라도 목소리를 내고 싶었다. 첫 단편을 진짜로 써냈을 때, 나는 내가 글을 쓸 수 있다는 사실을 알게 되었다. 지금껏 글쓰기보다 더 행복한 일은 한 번도 해본 적이 없었기 때문이다. 나는 재능이 가장 뛰어난 사람은 아니다. 하지만 나에게 글쓰기가 필요했기 때문에 그 일을 실행해나갔다.

첫 번째 책은 중요하다. 첫 책의 출판을 두려워하지 말자. 그걸로 인생이 정해지는 거라고, 한 권의 책이 생사를 가른다고 여기지 말자. 독자들은 두 번째 책을 더 중요시하곤 한다. 대부분이 첫 책에는 관대한 편이다. 물론 첫 책을 아무렇게나 쓰라는 말은 아니다. 대담하게 시작하고 조심스레 보완하여 용감하게 책을 내라는 것이다. 이제 글을 쓰기 시작했는데 바로 하늘로 올라갈 사람이 누가 있을까? 실수를 용납하고, 불확실한 목소리와 불완전한 구조도 용납하자. 이 책은 우리가 글쓰기를 하겠다는 선언이며, 지금 단계에서 맺은 결실이다. 첫 번째 책을 써내야만 다음 길을 모색할 수 있다.

중도에 쉽게 포기한다고? 그렇다면 짧은 분량으로 고쳐 써 보자. 말하자면 지금 쓰고 있는 작품을 작은 버전으로, 간략하게 압축한 버전으로 쓰는 것이다. 완성했다는 느낌을 위해 먼저 작은 챕터부터 끝내는 방법도 있고, 같은 제재를 가지고 시놉시스 같은 걸 써도 된다. 그것은 소설의 나침반이나 내비게이션이 될 수 있으며 완성하고 나면 어느 정도 성취감이 든다. 한 번에 작은 단위씩 마치면 머나먼 곳에 있는 대작보다 쉽게 완성할 수 있고, 중도에 포기하고 싶은 마음이 들 때 목표를 찾는 데 도움이 된다.

순전히 게으름을 피우고 있다면? 이 문제는 해결하기 가장 쉽다. 하고 싶지 않은 일은 하지 말자. 포기했다면, 하기 싫다는 걸 인정했다면 돌아서서 떠나야지 어쩌겠는가. 진심으로 쓰기 싫다면 억지로 할 필요가 없다. 하지만 포기했는데도 문득 쓰고 싶은 마음이 든다면, 다시금 자발적으로 쓰기 시작할 것이다.

그러니 실력은 처지는데 눈만 높다는 생각 따위는 하지 말자. 글을 쓰고 싶은 시기가 아직 오지 않았을 수도 있고, 사실은 생각만큼 글쓰기를 좋아하지 않을 수도 있다. 어쩌면 책 읽기를 좋아하고 글자를 좋아할 뿐 그걸 써내는 과정은 좋아하지 않는지도 모른다. 아무래도 괜찮다. 세상에는 우리가 할 수 있는 일이 많으니 더 좋아하는 일을 하면 된다.

그러나 일시적인 좌절을, 글이 잘 안 써지는 것을, 시작하기 어려운 것을 눈만 높다고 여기진 말자. 그런 생각은 우리를 절대 보호해주지 않는다. 그 길을 걸어갈 동력도 떨어뜨린다. 그저 장애물이 될 뿐이다.

높은 수준의 감상력, 좌절을 직면할 수 있는 용기, 내 글쓰기가 실제로 어떤 상태인지 스스로 판단할 능력을 키워야 한다. 독해 및 분석 능력을 창작 능력과 구별할 줄 알아야 한다. 시작할 때는 내 작품을 조금 너그럽게 봐줘도 된다. 아직 성장하는 중이니 여지가 있다. 완성한 작품을 놓고는 좀더 엄격해지겠지만, 구체적이고 현실적인 엄격함이어야 한다. 내 능력의 범위 안에서 엄격해지고, 그런 다음 조금씩 발전해나가는 것이다.

우리는 대단히 어려운 목표를 정할 수도, 가장 원대한 꿈을 품을 수도 있다. 다만 성실하게 실천하고 자기 작품을 진실하게 직면해야 하며, 그 성실함과 진실함에는 너그러움과 강인함 그리고 쉽게 포기하지 않는 마음이 있어야 한다.

지금 내 실력이 충분하지 않다는 걸 알더라도 조금씩 나아지겠다는 마음을 품고, 무한한 인내심으로 내 작품에 기회를 주고, 그 위대한 작품들이 준 충격을 머릿속 깊이 새기는 거다. 그러나 까다롭다고 강해지는 것은 아니다. 한 발 한 발 착실히 나아가야 한다. 모든 작품은 한 글자씩, 한 구절씩 써나간 것이며, 그러면서 한 글자씩, 한 구절씩 더 나아진 것이다.

내가 바로 내 작품의 가장 든든한 옹호자가 되어줘야 한다. 작품은 나 자신의 것이니까. 내 작품을 소중히 대하고 지지해야 한다. 그리고 최선을 다해 글을 쓰는 것으로 실천해야 한다. 느려도, 비틀거려도, 내 발걸음이 가장 빠르지는 않다 해도 말이다. 토끼와 거북이의 경주를 보면 결승점은 가장 끈기 있는 자를 기다리고 있다. 끈질기게 써나간다면, 우리는 우리의 목표에 천천히 다가가고 있는 셈이다.

자기 절제의
중요성

젊어서 소설을 쓰는 것은 느닷없이 사랑의 그물에 걸려드는 것과 같다. 밤낮이 없고 시간 개념도 아예 없다. 스스로를 불살라야만 그 사랑을 방출할 수 있을 것 같다.

처음 세 편의 단편을 썼을 때 모두 그런 상태였다. 어떤 신비로운 힘에 빙의되었다가 다 쓰고 나서야 빠져나온 느낌이었다. 그때는 나조차 두려운 기분이었다. 내가 이런 작품을 쓸 수 있다니? 내 경험을, 내가 아는 지식의 범위를 초월한 작품이었다. 머릿속에 나도 아직 모르는, 글을 써야만 방출할 수 있는 그런 영역이 있는 것만 같았다. 이런 글쓰기를 경험하고 나면 그 느낌을 계속 쫓아가고 싶고, 내가 뭔가 신비로운 힘을 지닌 것 같고, 그 힘을 또다시 느끼기를 기대하게 된다.

하지만 대학을 졸업하자마자 생활의 압박에 직면했다. 현실이 나를 숨 막히게 짓누르는 가운데 소설은 나의 피난처, 내 자아를 안전하게 둘 수 있는 곳이었다. 그때는 늘 잠을 희생하며 밤에 창작했다. 매일 밤 2~3시간씩 훔쳐내 그 시간에 마음껏 글을 썼다. 내겐 시간이 너무 적었다. 더 쓰고 싶어도 쓸 방법이 없으니 차에서 소설을 구상하는 게 습관이 됐다. 일할 때는 생각할 겨를이 없어 기나긴 고속도로를 오가는 동안 생각이 마음껏 날아다니게끔 내버려두었다. 지금도 나는 차에 타면 소설을 구상하는 습관이 있다. 때로 글이 순조롭게 안 풀리면 아주 멀리까지 가는 장거리 버스를 타러 간다. 버스가 시동을 걸고 창밖의 풍경이 흘러가기 시작하면 내 생각도 함께 흘러간다.

그렇게 일을 마치고 집에 돌아오면 저녁에 쓸 거리가 생겨나 있다.

장편을 쓸 때 한꺼번에 많이많이 쓸 수 있는 사람도 있다. 다만 단숨에 끝까지 써내려가지 못하고 멈췄다가는 한참 동안 감각을 잃고 방치하게 될 가능성이 있다. 그러고 나면 다시금 뜨겁게 가동되기까지 아주 오랜 시간이 걸린다. 가장 위험한 점은 다시는 그런 미친 상태로 돌아가지 못할 수도 있다는 것이다. 글의 느낌도, 리듬도, 표현도 모조리 달라지고 심각하면 톤마저 잃어버리고 만다. 마지막에 완성된 소설을 보면 뭐라 말하기 힘든 균열이 느껴진다.

나는 늘 이런 말을 한다. 작가의 느낌을 독자도 다 느낄 거라고. 작가의 절박함, 작가의 광기, 작가의 곤경까지도. 마지막까지 마음을 다잡아 차근차근 고치고 다듬지 않는다면 독자에게도 작가의 감정 기복이 고스란히 전해진다. 독자는 난기류에 휩쓸린 듯한 작품을 읽으며 혼란을 느낄 것이다.

지속성과 규칙성 모두 소설을 안정시키는 방법이다. 자기 절제도 마찬가지다.

나는 오랫동안 안정적이고 절제된 생활을 해왔다. 나는 신체적인 가뿐함을 유지하고 싶다. 그게 어떤 느낌인지 묘사하려니 쉽지 않은데, 뭐랄까, 몸의 느낌 또한 작품의 성과를 결정 짓는 요인처럼 느껴진다. 나는 내 작품이 더 유창하고 더 역동적이기를 바란다. 그래서 내 몸도 역동적이고 유창한 느낌을 유지하려 한다. 물론 흘러가는 시간을 따라 늙어가는 것은 막을 수 없지만, 그래도 쇠약해지지 않고 자연스레 늙기를 바란다.

『부마자』를 쓸 때 나는 37~38세였고 신체도 건강했다. 그런데 이 소설을 쓰기에 앞서 반드시 내 글쓰기 능력을 끌어올려야겠다는 생각이 들었다. 컴퓨터 속도가 느려지면 업그레이드해야 하는 것처럼 말이다. 하지만 어떻게 할지 그 방법은 모르고 있다가 나중에 고전을 다시 읽는 방법을 생각해냈다. 그래서 스무 살 때 읽었던 책을 모조리 찾아봤다. 보니까 사놓고 안 읽은 책도 있고, 읽으려고 생각만 하고 여태 안 읽은 책도 있어 다 사들였다. 그렇게 한동안 대학생 시절처럼 열심히 공부할 작정이었다.

5~6개월쯤 매일 일어나자마자 복사지로 만든 공책을 한 권씩 갖다놓고 필사하며 읽었다. 어떤 책은 거의 전체를 베껴 썼고, 어떤 책은 중요한 문장이나 단락만 적었다. 쓰면서 읽는 이유는 읽는 속도를 늦추기 위해서였다. 나는 어릴 때부터 책을 엄청 빨리 읽었는데, 독서 방법을 바꾸고 싶어서 필사법을 쓰기로 했다. 천천히 읽든 자세히 읽든 베끼면서 읽든, 이렇게 다시 읽는 것은 나에게 매우 중요했다. 오에 겐자부로의 번역본을 거의 다 읽고, 도스토옙스키의 소설 여러 권을 읽고, 보르헤스 전집을 읽고, 마리오 바르가스 요사를 읽고, 『잃어버린 시간을 찾아서』를 읽고, 『롤리타』를 읽고, 카프카를 읽고…… 이렇게 하루 8시간씩 책에 흠뻑 빠져 살았다. 그때는 데이트를 하면서조차 여자친구 집에서 책을 읽었다. 학생이었던 여자친구보다 내가 더 열심히 공부하는 모양새였다.

그렇게 몇 달 동안 읽고 나서 소설을 쓰려고 하자 환골탈태한 기분이 들었다. 그동안 쓰던 낙후된 방식에서 벗어나 좀 더 업그레이드된 느낌이랄까.

나는 곧바로 쓰기 시작했다. 몇 년간 쌓아온 소재도 있겠다, 단번에 쭉쭉 써내려갈 수 있을 것 같았다. 하지만 도입부만 해도 1인칭과 3인칭 두 가지 방식으로 각각 3만~5만 자를 썼고, 서술 방식도 플래시백과 순차 흐름 두 가지 방식을 쓴 다음 서로 비교해보았다. 처음 3개월 동안은 어떤 식으로 써나갈지 시험하며 연습을 거듭했다. 결국 내가 생각해낸 것은 여러 사람이 여러 관점으로 서술하는 돌림노래 방식이었다. 이 방식이 이 소설을 서술하는 데 가장 알맞아 보였다.

그때 나는 매일 아침 10시에 글을 쓰기 시작해서 점심때 잠깐 쉬었다가 대략 오후 3시 30분까지 쓰고는 손을 놓았다. 일주일에 7일을 썼고, 강연이 있거나 외출해야 하는 날에는 더 일찍 일어나서 500~800자쯤 쓰고 집을 나섰다. 보통 하루에 1000자쯤 쓰고 2000자는 절대 넘기지 않았다. 이따금 글이 정말 술술 풀린다 해도 시간이 되고 분량을 채웠으면 그만 멈추고 소파로 달려갔다. 소파에 누워 아직 쓰지 않은 내용을 머릿속으로 한번 훑고는 운동하러 나갔다.

그때는 요가를 시작하기 전이었다. 그냥 길을 걷고, 공원을 돌았다. 비 오는 날이면 공공 실내 농구장을 수십 바퀴씩 돌았다. 한동안은 수영장에 가서 물속을 왔다 갔다 하며 걷기도 했다. 주위엔 모두 어르신뿐이고 나 혼자만 젊은 축에 들었지만 부끄럽지 않았다. 어르신들과 함께 팔을 높이 쳐들며 수영장을 걷다가, 몸이 가뿐해졌다 싶으면 천천히 샤워하고 머리 감고 집으로 돌아와 저녁 먹을 준비를 했다.

밤에는 일찍 잠자리에 들려고 했다. 그래야 다음 날 아침에 일어나면 바로 소설을 쓸 수 있으니까. 이렇게 상쾌한 상태를 유지하면서도 하루에 2000자 이상은 절대 쓰지 않았다.

이런 식으로 8개월쯤 써서 장편소설을 완성했다.

그때의 경험으로 나는 소설이 절제의 예술이라는 사실을 확실히 깨달았다. 머릿속에서 생각이 아무리 넘쳐흘러도, 영감이나 상상이 아무리 용솟음쳐도 절제해야 한다. 장기간에 걸쳐 화력을 유지하며 책 전체를 써나가려면 영감도 힘도 한번에 다 써버려선 안 된다. 모든 에너지를 몸속에 쌓아놓고 조금씩 지속적으로 발산해야 한다. 나는 소설 속에서 그 기운을 유지하면서 독자들도 그 응집력을 느끼게끔, 정신을 집중해 소설 속에 빠져들게끔 하고 싶었다. 이 소설은 일고여덟 명의 캐릭터가 번갈아 부르는 돌림노래였다. 톤과 서술이 계속해서 바뀌는데, 제대로 조절을 못 했다가는 아주 거짓된 모습으로 변할 수 있었다. 그동안 나는 정말이지 내 모든 것을 정화해 극치에 이르렀다고 할 수 있는 상태에서 전심전력을 다해 안정적으로 소설을 썼다. 그러면서 그때까지 겪어보지 못한 특별한 체험을 했다. 그것은 바로 절제와 안정에서 비롯된 리듬 그리고 작품과의 조화였다.

글을 쓸 때 나는 자신을 천천히, 깨끗이 비운다. 내 모든 감정, 내면의 느낌, 여자친구와 다툰 일이나 여자친구의 불평, 생활의 크고 작은 불편, 신체적인 것까지 모두 싹 털어낸다. 책상 앞에 앉아 내 원고를 마주하면 나는 바로 글 쓰는 사람이 된다. 자신을 가장 작고 낮게 만들면서 소설을 안착시키는 하나의 그릇으로 서서히 변모시켜나갔다. 그때 쓰고 있는 소설은 여러 캐릭터의 돌림노래였고, 내가 날마다 마주해야 하는 것은 서로 다른 캐릭터의 내면세계였기 때문이다. 나 자신을 말끔히 비워야 캐릭터가 내 몸에 들어오고, 캐릭터의 목소리와 생각을 충분히 느끼고 체득할 수 있었다. 그러고 나서야 글을 계속 써나갔다.

잘 써지면 신이 나고 안 써지면 괴롭고, 술술 풀릴 때는 일사천리로 써나가고 안 풀릴 때는 한 글자도 쓰지 않고. 그런 식으로 장편소설을 쓴다면 얼마나 고통스럽고 힘들겠는가. 내가 보기엔 반드시 제어해야 할 태도다.

나는 늘 스스로를 일깨운다. 내가 소설을 쓰는 이유는 글을 쓰는 나를 훌륭하고 재능이 있다고 여기려는 게 아니다. 글을 제대로 못 쓰는 나를 멍청하고 형편없다고 여기려는 것도 아니다. 한 권의 소설을 탄생시키면서 사실상 우리는 자아를 새롭게 마주하곤 한다. 그것은 더더욱 나 자신이 되어가는 과정이며, 우리는 그 과정을 하나의 소설로 응축할 따름이다.

장편소설을 쓰는 것은 일종의 수련이나 다름없다.

더 좋은 작품을 창작하기 위해 나 자신에 대한 평가는 잠시 접어두자. 더 잘 쓰기 위해 잠시 멈추는 거다. 더 멀리 가기 위해, 소설 속에 진정한 힘을 채워넣기 위해서는 글을 쓸 때 잠깐씩 찾아오는 미칠 듯한 기쁨이나 한계에 부딪히는 고통을 감수해야 한다. 이뿐만이 아니다. 글을 쓸 때 실제로 닥치는 신체적 통증, 쑤시고 결리는 목과 허리와 손목은 물론 두통이나 발 통증까지 감수한다. 매일매일 글을 쓰고 나면 스스로를 잘 살피면서 가다듬고 치유해야 한다.

언젠가 수영장에서 온몸의 힘을 빼고 둥둥 떠 있던 기억이 떠오른다. 커다란 손바닥 두 개가 내 몸을 살며시 받치고 감싼 채 내가 긴장을 풀고 유유히 떠다니게 도와주는 느낌이 들었다. 나는 내가 그동안 줄곧 힘을 빼지 않고 살아왔음을 깨달았다. 그제야 비로소 나는 내 몸을, 그동안 힘들게 일하느라 쌓여 있는 고생을 물에 맡겼다. 나는 수영을 아예 할 줄 몰랐지만 그래도 날마다 수영장에 갔다. 그리고 그냥 코스를 수십 번씩 왔다 갔다 하며 걸었다. 그렇게 키운 힘이 소설의 길도 끝까지 걸어가게끔 도와주길 바라며.

시간표를 정해 나 자신과 약속하고, 글을 쓸 때는 득실을 따지지 말고, 좌절을 겪어도 당황하지 말자. 글이 잘 안 써지는 것은 정상적인 일이다. 너무 잘 써지면 오히려 브레이크를 밟아야 한다. 자신의 주특기를 따라 써나가기란 너무나 쉽기 때문이다. 그러나 소설에 필요한 것은 때로는 우리가 가장 잘하는 것이 아니다. 절제, 인내, 끈기다. 한 작품을 완성하기 위해 자신을 최고의 상태로 만들자. 남들이 세상에서 가장 재미없는 사람으로 본다 해도 상관없다. 모든 보답은 소설 속에서 이뤄진다. 그렇게 다듬어낸 능력은 또 다른 방식으로 우리 몸속으로 돌아온다.

마지막으로 천신만고 끝에 써낸 책을 마주하면, 이렇게 절제한 덕분에 오히려 스스로를 뛰어넘었다는 사실을 똑똑히 알게 된다.

스트레스는
어떻게 다뤄야 할까?

소설을 쓰는 동안에도 돈을 벌어야 한다. 내게는 매년 7, 8, 9월이 외부 업무로 매우 바쁜 시기다. 책이 하반기에 많이 나오는 편이고, 그러면 행사도 늘어나기 때문에 여름 휴가 때마다 원고 쓰기, 심사, 홍보, 강연 등 여러 활동이 꼬리에 꼬리를 물고 이어진다.

2019년부터 거의 쉬지 않고 일하다보니 8~9월쯤 되면 나같은 일중독자마저 너무 바빠서 '스트레스'를 받을 때가 있다. 보통 밤에는 일하지 않지만 밤에도 원고를 봐야 하는 일이 잦아진다. 이는 특수 상황이니 특수하게 대처할 수밖에 없다.

2022년 8월, 또다시 정신없이 바쁜 시기를 맞았다. 한창 준비 중인 온라인 강의는 초안 단계에 들어섰지만, 장편소설은 마침 사건이 해결되는 결정적 순간인데 2주 동안 한 글자도 쓰지 못한 상태였으며, 휴대폰 속은 수많은 그룹 채팅방으로 눈이 어지러울 지경이었다. 아짜오가 물었다. 왜 그렇게 일을 꽉꽉 채웠어? 일부러 그런 게 아니었다. 해마다 벌어야 하는 돈이 그 정도였다. 원래는 A 작업을 하기로 했는데 변경되는 바람에 B 작업을 받았더니 A 작업이 재개되었고, 이 두 가지보다 더 중요한 C 작업의 의뢰가 들어왔다. 결국 A, B, C 세 가지 일을 한꺼번에 하게 됐고, 하기로 한 이상 제대로 해야 하니까 이런 상황이 되고 말았다.

가끔은 일이 너무 많아서 나도 스트레스를 받는다. 피하고 싶고, 미루고 싶고, 딴짓을 하고 싶다. 하지만 금세 상황을 인정하고, 자리에서 일어나 책상 앞으로 걸어가 하나하나 업무를 처리하기 시작한다.

오후 내내 집중하다보면 갑자기 엉켰던 털실 뭉치가 풀린다. 그렇게 일을 조금씩 완수해가다가, 내겐 여전히 소설을 쓸 여유가 있다는 사실을 퍼뜩 깨닫는다. 그러면 스트레스가 많이 줄어든다.

내가 스트레스를 해결하는 방법은 스트레스의 원인을 처리하는 것이다. 청탁 원고가 있으면 원고를 쓰고, 심사해야 하면 응모작을 읽고, 강연이 있으면 준비하고, 소설은 하루하루 차근차근 써나간다. 일이 너무 많아서 소설을 쓸 수 없으면 틈틈이 빈 시간을 찾아 내가 좋아하는 걸 쓴다. 내 방법은 모든 작업에 시간 제한을 두는 것이다. 작업 일정이 빽빽하면 한 가지 일에 한두 시간씩 할당하고, 한 단계가 끝나면 바로 다음 업무로 전환한다. 이렇게 하면 모든 일이 날마다 진행되고, 즉각적이며 효율적으로 이뤄져 마음이 차분해진다.

최고의 시간인 한낮의 앞부분은 소설 쓰기에 배정한다. 500자를 써도 괜찮고, 잘 안 풀리면 대화를 써도 좋다. 무엇을 쓰든 글쓰기라 할 수 있으며 계속해나갈 동기 부여가 된다. 나 자신의 작품을 쓸 수 있다는 것은 내게 늘 안도감을 준다. 오늘 하루도 착실히 시작했구나, 머릿속에서 소설을 잊지 않았구나 하는 생각이 든다.

팀을 이루어 일할 때는 먼저 모든 사람과 공감대를 형성한다. 의사소통은 공개적이고 투명하게 하며, 뭔가 이견이나 불만이 있으면 분명하게 말한다. 빙빙 돌리거나 괜히 떠보지 않고 좋다/싫다, 찬성/반대 의견을 회의나 그룹 채팅방에서 즉각 표명한다. 할 일이 많은 상황에서 요구 사항을 서로 분명히 밝히면 오히려 효율적이고 감정 상할 일이 없다.

스트레스를 일으키는 많은 원인은 내키지 않는 마음, 불분명한 경계, 친분에서 비롯된 압박이다. 내 방법은 일 자체만 논하는 것이다. 내가 맡을 수 없는 일은 상대에게 솔직히 말한다. 내 생각에 진정한 친분이란 사람의 능력엔 한계가 있다는 걸, 이번에 같이 일을 못 해도 다음 기회가 있다는 걸 이해하는 사이이다. 이런 스트레스에서 오는 고민부터 털어내고는 곧바로 일정대로 업무에 들어간다. 하고 싶은 일이 A일 때 B를 해야 하면 회피하거나 내키지 않는 상태가 되는데, 내 방법은 둘 다 하되 우선순위와 비중을 정해놓고 하나씩 실행하는 것이다.

이 밖에도 얼마나 많은 일을 맡을지 결정해야 하는데, 나에겐 늘 전제가 있다. 그 일이 내 소설을 지체시키느냐 그렇지 않느냐다. 글쓰기와 돈벌이를 균형 있게 하려면 때로는 겹칠 수밖에 없으니 나도 적절히 융통성을 발휘한다. 평소에는 일주일에 5일간 소설을 쓰려 하지만 일이 꽉 차 있으면 알아서 절반으로 줄인다. 일주일에 3~4일, 하루에 500자를 써도 괜찮다. 때로는 정말 날마다 외출해야 해서 소설 쓸 시간이 없을 만큼 바쁘지만, 이런 상황은 되도록 2주를 넘기지 않게 하고 피크가 지나면 천천히 진도를 보충한다. 이렇게 하는 가장 큰 이유는, 일이 바쁘다는 핑계로 소설 쓰기를 회피하고 싶지 않아서다.

8월부터 지금까지 나는 줄곧 스트레스가 큰 상태에 놓여 있지만, 이런 황금비율의 작업 방식 덕에 소설도 쓰고 청탁 원고도 쓰고 심사 업무도 하나하나 마쳤으며 수영까지 배웠다. 앞서 말한 방식으로 나날이 홀가분해졌고, 그러는 과정에서 스트레스도 점차 줄었다.

휴식을 취하며 자신을 철저히 비우는 사람도 있는데, 나도 그럴 때가 있다. 나는 수영과 요가를 하고 잠을 푹 잔다. 잘 시간이 되면 바로 가서 자고, 실컷 잔다. 그러면 다음 날 작업 능률이 확 올라간다.

그런데 주로 쓰는 휴식 방법은 다른 일로 모드를 전환하는 것이다. 나에겐 가장 효과적인 휴식이다.

영감이 없거나 느낌이 별로일 때는 영감이 중요하지 않고 바로바로 성취감을 느낄 수 있는 일로 전환한다. 그러다 성취감이 들고 마음이 기꺼워지면 다시 소설로 돌아간다. 이런 식으로 전환하면 시급한 업무도 해결하고 글이 잘 안 써지는 심리적 스트레스도 덜 수 있다.

『네가 또다시 죽어선 안 돼』를 쓰는 1년 동안, 소설을 쓰고 나면 에세이를 쓰면서 스트레스를 풀었다. 날마다 조금씩, 생각나는 건 뭐든지 썼다. 그렇게 1년이 지나자 장편소설이 완성되고 동시에 에세이집도 완성되었다. 친구들은 모두 믿기 힘들어했지만 나에겐 매우 합리적인 방식이었다. 심지어 에세이는 매우 힘든 소설을 완성하는 데 도움이 되었고, 힘든 소설 또한 나 자신의 회상록을 쓰는 데 도움을 주었다. 장편소설을 쓰면서 현재의 나를 보게 됐고, 에세이를 쓰면서는 과거의 나를 돌이켜보았다. 매일의 글쓰기에서 과거를 이해하기 위해 과거의 나를 파헤쳤는데, 이 일은 30년 글쓰기 인생에서 배우고 익힌 모든 것을 소설 속에 구현하는 데 큰 도움이 되었다.

원래는 최근 2주 동안 몹시 바빴던 데다 곧 예약 판매에 들어갈 에세이집 생각에 스트레스도 살짝 있었다. 그래서 오늘 오후에는 어제 쓴 장편소설을 훑어보며 몇몇 오류를 바로잡고, 심사할 원고를 마지막 부분까지 살펴보았다. 그러고 나니까 마음이 한결 가벼워져서 새 책을 홍보하는 페이스북 게시물까지 다 썼다.

내가 스트레스를 다루는 방식은 간단하다. 다만 반드시 지속적이고 규칙적이어야 한다. 일에서 오는 스트레스를 해소하는 방법이 일을 차근차근 마치는 것임은 누구나 알지만, 관건은 자신에게 맞는 방법을 찾아 지속적이고 규칙적으로 훈련할 수 있느냐다. 백 번을 해봤더니 매번 확실하게 스트레스가 줄었고 목표도 달성했다면? 스트레스는 항상 있다는 사실, 스트레스는 우리를 더 집중하게 만들고 융통성을 발휘하게 한다는 사실, 그리고 스트레스를 겪으면서 나 자신에게 더 가까워진다는 사실을 차츰 깨닫는다. 그렇게 스트레스는 스스로를 다시금 마주하게 하는 힘으로 변하고, 일을 어떤 식으로 선택하며 어떻게 할당할지, 양가감정은 어떻게 극복할지 더 잘 알게 해준다. 처음에는 안 될 거라고 생각했어도, 하루하루 쌓일수록 스트레스를 직시하고 스트레스와 협상하며 심지어 스트레스를 통제하고 굴복시키려 시도하게 된다. 이렇게 지속하다보면 스트레스가 그렇게 두렵지 않다는 사실을 알아차릴 것이다. 스트레스는 우리의 거울이다. 거울에 비친 모습은 바로 우리 자신이다. 어떤 얼굴이 됐든 그것은 우리의 가장 진실된 모습이다. 자신을 똑똑히 봐야만 자신을 보완하고 개선할 수 있다.

시작이 힘들 때는
어떻게 할까?

글쓰기를 좋아하고 쓰고 싶은 마음이 분명하다면 마땅히 써야 한다. 머릿속에 계획도, 방법도, 기가 막힌 아이디어도 가득하다. 그런데 막상 시작하려 하니 몸이 굳어버린 것만 같다. 책상 앞에 앉으니 뭔가 먹고 싶고, 휴대폰을 보고 싶고, 몸은 자꾸만 어딘가로 도망가고 싶다. 세상 모든 딴 짓이 뛰쳐나와 나를 잡아끌지만 겨우겨우 엉덩이를 붙이고 앉아 쓰기 시작한다. 머릿속에는 좋은 문장, 멋진 소설이 들어 있지만 막상 나온 글은 서로 옥신각신 티격태격하며 완전히 다른 모습이 되어 있다. 스스로에게 화가 나고, 번민과 회의에 휩싸인다. 자꾸 미루고 한눈을 팔면서 시작 곤란증에 걸리고 만다. 좋은 작품을 망칠까봐, 형편없는 글이 나올까봐 질질 끌면서 좀처럼 쓰질 못한다.

하지만 쓰지 않고서 어떻게 작품이 탄생할까?

내 방법은 일단 좀 참아보는 거다. 내가 그렇게 훌륭한 도입부를 못 쓴다는 사실을 참아내고, 매일의 글쓰기에서 만족스럽지 못한 시작점을 참아낸다. 글을 쓰면서 아름답지 않은 모든 순간을 참고 더 견뎌본다. 그러다 포기해도 늦지 않는다.

나에겐 여러 번 시도해 효과가 입증된 해결책이 있다. 도입부가 잘 안 써지면 2장부터 쓰는 거다. 2장보다 더 뒷부분을 끄집어내서 시작점으로 삼아도 상관없다. 글이 잘 풀리면 그때 앞부분으로 되돌아와 조정을 할지 말지 살펴보면 된다.

때로는 시간에 따라 흘러가는 첫 번째 오프닝이 그리 흡인력이 없어 보이기도 한다. 그런데 뒷부분이 전개되다보면 앞부분을 돌아보기에 딱 좋은 접근점이 나타날 수도 있으므로, 일단 특별하거나 의미 있는 장면부터 써나간다. 그리고 나중에 이 전환점을 통해 전체 이야기를 앞으로 끌어오면 된다.

소설은 시간의 마법이다. 소설 속 시간은 무한히 길어질 수도, 끊임없이 쪼개질 수도 있다. 따라서 소설을 쓰기로 결심했는데 아무리 해도 최고의 도입부가 떠오르지 않는다면 2장부터 써보기를 제안한다. 3장, 4장부터 써도 괜찮다. 일단 이 책과 관련된 장을 하나 써내어 '개필식開筆式'을 하는 것이 중요하다.

이렇게 시작에 성공했는데도 영감이 없으면 어쩐다? 그럴 때는 인물 관계도, 장면 묘사, 시대 개요처럼 공부하면서 미리 수집해놓은 내용을 써보자. 아직 수집하지 않았다면 쓰면서 수집하자. 이렇게 하면 한편으로는 끝없는 자료 수집 함정에 빠지지 않을 수 있고, 다른 한편으로는 쓰면서 작품의 분위기와 톤을 찾아갈 수 있다. 먼저 인물을 스케치한다든지, 앞으로 벌어질 장면을 대략 그려본다든지, 주요 사건 기록부를 만든다든지, 어찌 됐든 소설의 본체와 관련된 주변 자료를 쓴다. 거칠고 엉성해도 상관없다. 그냥 쓰면 된다.

이렇게 하면 몹시 어수선해질 것 같다고? 컴퓨터나 노트에 확실히 정리해두기만 하면, 잃어버리지만 않는다면 이것이 소중한 보물이 되는 때가 온다.

잃어버려도 걱정 말고 나를 믿어라. 한번 써본 것들은 머릿속에 각인되고, 작품으로 다시 돌아왔을 때 그것들이 조금씩 떠오른다. 기억은 희미해도 연습이 되어 있기 때문에 감이 남아 있고, 어떤 것이 필요하고 어떤 것은 필요 없는지 파악된다. 앞선 작업은 모두 쓰는 상태를 유지하면서 소설 속으로 들어가기 위한 것이다.

내 장편소설의 도입부는 언제나 무한한 버전을 갖고 있다. 때로는 2장부터 시작하기도 하고, 때로는 1인칭/3인칭/전지

적 시점을 모두 써보기도 하고, 시간 흐름도 여러 가지로 시도해본다. 이렇게 다양한 방법을 거쳐 가장 적합한 진입 방법과 시점을 찾아낸다. 이런 것은 모두 써봐야 정확히 판단할 수 있다. 그래서 나는 글쓰기 초반에 많은 시간을 들여 사전 준비를 한다. 매우 신경 쓰이고 번거로운 작업이지만, 시간 안배만 잘 한다면 적어도 쓸 거리가 없다는 걱정은 안 해도 된다. 글은 영감으로 쓰는 거니 계획이 필요 없다는 사람도 많은 반면, 치밀하기 짝이 없는 단계별 계획을 세워 질서정연하게 써나가는 사람도 있다. 자신에게 맞는 방법을 찾으면 다 괜찮다고 본다. 다만 가장 좋은 검증 방식은 바로 그렇게 써낸 작품을 보는 것이다.

우선은 기간 내에 작품을 완성하는 습관을 들여야 한다. 60~80퍼센트 수준으로라도 정해진 기간 내에 써내자. 고치면 되기 때문에 쓰기만 했다면 보완할 수 있다. 완벽을 기하려고 또는 도입부가 시원찮다고 고민하며 꾸무럭거리지 말자. 질질 끄느니, 완벽하지 않은 버전이라도 작품을 만들어놓고 보는 게 낫다.

소설을 쓰는 데 가장 필요한 자질은 참을성과 엉덩이 힘이다. 진득하게 견뎌내려면 고생 속에서도 즐거움을 찾을 줄 알아야 한다. 달리 말해, 글이 잘 써질 때마다 그 순간을 마음에 새기고 훗날의 보상으로 삼는 거다. 성공했던 경험들을 곱 씹으며 글 쓰는 자신을 거듭 일깨우자. 참아내자고, 인내의 끝에는 달콤한 열매가 기다리고 있다고. 이렇게 끝끝내 작품 을 만들어낸 경험을 통해 쓴맛 뒤의 단맛을 반복적으로 되새 기자. 지금 이 순간의 번뇌는 하나의 단계이며 반드시 거쳐야 할 과정임을 체득하자.

그러면 우리의 사고회로에서 글쓰기는 좌절과 실패가 아 니라 마지막 결실을 맺는 것으로 연결된다. 이러한 사고 훈련 은 대단히 중요하다. 나는 거의 날마다 나에게 다양한 보상 을 한다. 갖가지 좌절을 동력으로 바꾸는 연습을 머릿속으로 연거푸 한 결과, 지금 내 사고회로는 거의 이렇게 변했다. "펜 을 드는 것은 노력이며, 노력은 성과를 향해 내딛는 걸음이다. 성과는 바로 책의 완성이다. 간단히 말해, 펜을 들면 곧 완성 에 가까워진다." 그러니까 나는 하루하루 글을 쓸 때마다 결 말에 가까워지고 있다. 도중에 좌절에 부딪혀도 반복해서 연 습했기 때문에 끝내 다 지나간다는 사실을 알고 있다.

글을 쓸 때 나는 나 자신에게 매우 잘한다. 매일매일 그날 쓴 글자 수를 적고, 분량을 다 채웠으면 보상으로 재미있는 책을 읽는다든지, 연극을 본다든지, 뭐든 내가 좋아하는 일을 하게 해준다. 쓴맛 뒤에 찾아오는 단맛은 잊지 못할 특별한

맛이다. 글이 시원찮다 해도 오늘 내가 한 노력을 인정하고, 그걸로 내 자질이나 재능을 의심하지 않는다. 그리고 나 자신에게 늘 말한다. 앞으로 더 나아질 거라고. 스스로에게 시행착오할 시간을 주고, 착오라고 생각하지도 말자. 하루하루 써낸 모든 글을 소중히 여기되 결과를 지나치게 중요시하지 말자. 한 번의 글쓰기로 나온 결과는 어떤 것도 의미하지 않는다. 더 좋은 작품을 만들어내려면 끊임없는 수정과 조정이 이뤄져야 하며 심지어 다른 사람의 제안을 받아들일 필요도 있다. 요컨대 초고는 좀 제멋대로 써서 아이디어가 충분히 발휘되게 하고, 그다음 좀더 엄격한 방식으로 하나하나 다듬어나가는 것이 좋다.

글쓰기는 창작자의 일상이고 날마다 시작해야 하는 일이기 때문에 의식이 필요하고 방법이 필요하고 연습이 필요하다. 앞에서도 한 이야기인데, 일단 앉아서 써내려간다. 뭐든 상관없이 먼저 몇 단락쯤 쓰고 보는 거다.

이 방법은 지금까지도 나에게 효과 만점이다. 뭘 쓰든 다 적용된다. 특정 시간을 글 쓰는 시간으로 정하고, 날마다 그 시간이 되면 만년필, 볼펜, 연필, 컴퓨터, 노트북 등 뭐든 쥐거나 켜고 의자를 당겨 앉는다. 음악을 들어도 좋고 안 들어도 좋다. 집이든 카페든 도서관이든 편히 오래 앉아 있을 수 있는 곳이라면 어디든 괜찮다. 나에게 알맞은 장소와 도구를 찾고, 쓰는 시간이 되면 바로 시작한다. 먼저 어제 쓴 문장을 한 번 훑어본다. 오자를 바로잡고, 문장을 다듬고, 때로는 한 단락을 다시 쓰기도 한다. 이렇게 하면 글쓰기 감각을 되찾고 스토리를 숙지하며 분위기에 젖어들 수 있다.

그러고는 쓴다. 잘 쓰든 못 쓰든 상관없다. 나는 처음 한 시간 동안은 종종 쓸데없는 것을 쓰는데, 포기하지 않은 채 한 시간이 지났다면 이미 소설 속으로 들어선 셈이다. 그러면 계획대로 하루에 1000자나 2000자를 쓴다. 500자라도 상관없다. 영감이 번뜩이는 그 순간을 포착하라. 앞서 했던 연습은 모두 그 영감이 오기를 기다리기 위한 것이었다. 드디어 글이 풀리는 느낌이 들면, 그때 느낀 것과 생각한 것, 지금 이 순간의 글쓰기에 적합한 글자를 모조리 잡아내 문장 속에 집어넣는다.

책을 쓰는 초반에는 잘 안 풀리면 하루에 두세 시간만 쓰고, 녹초가 되거나 초조해지기 전에 멈춘다. 내일도 써야 하니까!

그렇게 그냥 매일 조금씩 쓰는 거다. 오늘 잘 안 써지면 내일이 있고, 내일 잘 안 써지면 모레가 있다. 말만 하고 실천하지 않는 일만 없도록 하자. 일단 썼으면 잘한 거다. 격려받을 만하다. 글을 쓰면서 인내심과 끈기를 배우고, 좌절과 실패를 직시하는 법을 배우는 거다. 아무리 천재 작가라 해도 잘 풀릴 때가 있고 안 풀릴 때가 있다. 이 점을 기억하자. 나 혼자만 글이 술술 안 써지고 힘들어 죽겠는 게 아니다. 글 쓰는 사람은 누구나 힘겹지만, 작품을 끝내야 비로소 해탈할 수 있다. 글이 시원찮아도, 자꾸 막혀도, 하루에 수백 자밖에 못 써도 버텨내자. 계속 쓰자. 우리가 할 수 있는 일은 글에서 떠나지 않는 것이다. 이 책, 이 작품은 우리의 인내심, 끈기, 부단한 노력을 따라 우리가 원하는 상태로 차츰차츰 나아간다. 최고는 아닐지라도, 나 자신에게 다가가면서 상상이 실체가 되는 그런 경험을 할 수 있다. 그것은 정말 감동적인 경험이다.

자신에게 좀더 잘하라는 것은 엄격하라는 뜻인 동시에 너그러우라는 뜻이다. 내 눈엔 내 결점이 잘 들어온다. 노력했지만 별로인 부분이 보이면 수정을 거치며 보완할 수 있다. 이번에 할 수 있는 걸 다 했는데도 여전히 완벽하지 않다면 그 또한 괜찮다. 우리에겐 언제나 다음번과 다음 책이 있으니까. 몇몇 단점은 차근차근 연습을 거쳐야만 개선될 수 있다. 중요한 것은 포기하지 않고, 도망치지 않고, 작품과 끊임없이 협상하고, 작품에 끊임없이 다가가는 것이다. 이건 우리 자신만이 할 수 있는 일이다. 우리의 재능과 작품을 보호하는 가장 좋은 방법은 작품을 실현하는 것이다. 실제로 써내야만, 진짜로 글자를 써서 문장으로 만들어야만 비로소 책이 되어 세상에 나올 기회가 주어진다. 작가가 되려고 하기보단 지속적으로 글 쓰는 사람이 되려고 애쓰자. 우리에게 가장 필요한 것은 다름 아닌 작품이다.

우리는 이미 작품에게 접근하는 길을 가고 있다. 꾸준히 노력하는 자기 자신을 격려해주자.

재능이 부족할 때는
어떻게 할까?

어떤 꿈을 추구하고 어떤 일을 하고 싶어하든, 다들 내가 가장 뛰어나기를, 내가 가장 잘해내기를, 내가 바로 하늘이 택한 그 사람이기를, 다 쓰지도 못할 만큼 천부적인 재능이 충만하기를 바란다.

지금까지 글을 써오면서 알게 된 천재는 수두룩하다. 그들이 지닌 온갖 놀라운 자질을 보면 나는 왜 저렇지 못할까 싶어 한숨이 나온다. 나도 어릴 때는 소소한 소질이 좀 있었다. 어쩌면 글쓰기는 내가 가장 잘하는 일이 아닐 수도 있다. 그저 글쓰기를 특별히 좋아하고, 또 글을 쓰는 과정에서 끊임없이 노력할 수 있었기에 이 길을 걸어왔을 뿐.

누군가는 이렇게 묻는다. 친구나 학생이 글쓰기를 매우 좋아한다. 그렇지만 아무리 써도 그저 그런 걸 보면 재능에 한계가 있어 보이는데, 다른 길을 가라고 권해볼까? 괜히 헛수고하지 않게. 이렇게 묻는 학생도 있다. 선생님, 제가 정말 글을 쓸 만한 사람일까요? 재능이 있기나 한 걸까요? 아무리 노력해도 끝내는 한계를 넘어서지 못하는 건 아닐까요?

첫 번째 질문에 대한 내 조언은, 사랑하는 일을 하는 사람을 막지 말라는 것이다. 그저 그런 부분을 억지로 칭찬할 필요는 없고 객관적인 의견을 줄 순 있지만, 일부러 막지는 말자. 무엇이 헛수고인지, 어떤 삶이 헛되지 않은지 누가 무슨 수로 판단하고 책임진단 말인가? 어떤 사람은 늦게 깨치는 대기만성형일 수도 있다.

젊은 시절에 나는 친구한테서 더 이상 글을 쓰지 말라는 조언을 들었다. 친구는 내가 그런 재목이 아니라면서, 고생길이 훤한데 차마 두고 보질 못하겠다고 말했다. 정말 믿음직한 친구가 포기하라고 하니 얼마나 괴로웠는지 모른다. 하지만 나는 그 말을 듣지 않았다. 진심으로 뜨겁게 사랑했기에 쉽게 포기할 수 없었다. 내가 그렇게 고집이 세지 않았다면, 내가 좀더 나약했다면 정말 포기했을지도 모르고 지금의 나도 없었을 것이다.

내가 그 일에 알맞은지, 자질이 있는지 모르는 상태에서 돌파구를 찾을 수 있을까? 이런 문제는 실제로 써봐야 답이 나온다. 쓰고 싶다는 사람을 못 쓰게 막을 수는 없다. 포기하겠다는 사람을 억지로 쓰게 할 방법도 없다. 그렇다면 이 길은 누구에게 적합하냐고? 나는 기꺼이 원하는 사람, 뒤돌아보지 않고 나아가는 사람, 쓰지 않으면 안 되는 사람에게 적합하다고 생각한다.

오랫동안 노력했지만 이름도 얻지 못하고 책도 잘 안 팔리는데 다른 길을 가도 괜찮을지 하는 문제는 스스로에게 물어보면 되지 않을까? 글쓰기를 위해 지나온 과정을 후회하지 않을 수 있느냐고 말이다. 그 시간 동안 우리가 바친 것은 모두 자발적인 것이었다. 우리는 우리 꿈을 위해 진실되게 노력했다. 참담할 수 있지만 또한 눈부신 시간이기도 했다. 우리는 최선을 다했으니까. 꿈을 위해 노력할 수 있는 시간이 우리 인생에 얼마나 있을까? 그 시간을 현실의 명예와 이익으로 환산할 수는 없다 해도, 더없이 소중한 작품으로 남을 것이다.

그렇지만 창작에 관한 한, 쏟아붓는 게 없으면 진실한 수확을 거둘 수 없다. 글쓰기의 가장 공평한 점은 아무리 많은 인맥과 자원을 가진 사람이라도 한 글자 한 글자 스스로 써나가야 작품이 된다는 것이다. 아무리 천하에 이름을 떨치고 수많은 상을 받았다 해도 책을 쓰려 할 때마다 완전히 새로운 시작을 해야 한다. 과거의 성취는 다음 책의 품질을 보장할 수 없다. 누구나 마찬가지다. 첫 글자부터 시작해서 마지막 글자가 완성될 때까지, 그 기나긴 시간 글쓴이가 의지할 수 있는 것은 오로지 자기 자신뿐이다. 재능이 부족해 보이고, 확신이 안 서고, 심지어 자신감이 와르르 무너지는 순간은 누구에게나 찾아올 수 있다. 오직 줄기찬 노력만이 글이 도무지 안 풀린다든지 좋은 글이 안 나오는 어려움을 극복하고 완성에 이르게 할 수 있다.

젊은 시절 나는 별생각 없이 바보처럼 글만 썼는데, 그러다 실현 가능한 길을 찾았다. 30년 넘게 글을 쓴 내가 30년을 재능으로 버텨왔을까? 그럴 리가. 내가 의지하는 것은 글쓰기에 대한 믿음이다. 나는 글쓰기란 한 걸음씩 떼면서 발자국을 찍는 일이라고 믿는다. 하루하루, 한 달 한 달의 글쓰기가 쌓여야 나 자신의 재능이 최대한 실현된다고 믿는다. 소설을 쓰려면 재능뿐만 아니라 말로 표현할 수 없는 뚝심도 필요하다.

내 생각엔, 매일 앉아서 1000자를 쓰는 데 전념할 수 있을 만큼의 재능이면 충분하다. 상을 받지 못해도 문학은 원래 경연대회가 아니며 상이 모든 것을 결정짓지는 못한다는 사실을 이해하고, 마음 놓고 내 작품을 쓸 수 있는 재능이면 충분하다.

나에게 재능이 있을까? 물론 있다. 다만 충분할까? 그렇다면 그 재능으로 자신이 무엇을 하고 싶은 건지 알아야 한다.

자신이 선택하고 사랑하는 것을 열심히 연구하며 갈고닦고, 하루하루 노력하고 실천하는 것은 대단히 독특한 재능이라고 생각한다. 지치고 힘겨울 때 자신의 행동이 가치 있는지 잘 판단하는 능력, 어려움을 견뎌내고자 하는 심리적인 자질 또한 재능이다.

진정한 재능은 쉽사리 글을 써서 남들보다 우월해지는 것이 아니다. 어려움을 이겨내고, 남들이 못 가는 길을 가고, 남들이 못 견디는 고생을 견디는 것이라고 생각한다. 외로움을, 실의를, 좌절을 참아내며 남보다 더 멀리 가는 것, 이런 것이 가장 소중한 재능이다.

남들은 쉽게 글을 쓰지만 나는 연습에 연습을 거듭해야 하고, 남들은 쉽게 깨치지만 나는 멀고도 구불구불한 길을 걸어야 납득한다는 사실을 일찌감치 알게 되었다. 하지만 감사하게도 문학이라는 길은 단번에 수확할 수 없고, 눈앞의 성공에 급급해봤자 아무 소용 없다. 그 길은 참으로 기나긴 길이다. 한 번의 성공이 성공을 뜻하지도, 한 번의 실패가 실패를 뜻하지도 않는다. 문학에는 정말로 많은 가능성이 있다. 그래서 우리 앞에는 다양한 갈림길이 뻗어 있고, 모든 사람에게는 자신의 길을 찾아 새로운 세계를 창조할 기회가 주어진다.

　천부적인 재능을 소중히 여기되 천부적인 재능에 의존하지는 말자. 쓰든 안 쓰든, 계속하든 포기하든, 자기 마음에 귀기울여 후회 없는 선택을 하자. 일단 선택했다면 열심히 실천하고, 끝내 결과가 만족스럽지 못하더라도 자신의 노력을 소중히 여겨야 한다. 그것이 내 삶이고, 내 삶의 진정한 가치를 정의할 수 있는 이는 오직 나 자신밖에 없기 때문이다. 노력한 매 순간, 내가 써낸 모든 글자는 나의 가장 소중한 기억이자 자산이다. 그 모든 것은 황금만큼 귀하고 결코 헛되지 않을 것이다.

영감은
어디서 오는가?

내가 가장 많이 받는 질문은 바로 이거다. 영감은 어디에서 오는가? 그러면 나는 늘 이렇게 대답한다. 내글쓰기는 영감이 아니라 자기 절제와 평소의 연습에 의지한다고.

젊은 시절엔 밤을 새워가며 며칠 만에 단편 하나를 뚝딱 써낼 만큼 영감이 충만했다. 책을 내고 나서 오랫동안 일에 시달리느라 글을 못 쓰는 시간을 보내면서, 나는 언제 어디서나 소설을 생각하는 습관을 들였다. 글을 쓰지 못하더라도 내가 글 쓰는 사람임을 결코 잊지 않았고, 끄집어내서 쓰든 못 쓰든 글쓰기는 언제나 내 머릿속에 있었다.

글만 쓰게 되고부터는 하루 중 가장 좋은 시간을 소설 쓰기에 내주었다. 먹고 마시고 숨 쉬는 것처럼 글쓰기는 내 일상의 중요한 부분이 되었다. 모든 책의 탄생은 하나의 이미지나 하나의 장면에서 비롯된다. 그 잊을 수 없는 장면이 줄곧 나를 따라다닌다. 그걸 하나하나 붙잡고 생각하다보면 천천히 이야기가 생겨난다. 나에겐 어릴 때부터 길러진 습관이 하나 있다. 사람을 쉽게 판단하지 않고, 그저 진지하게 보고 관찰하며 이해하려 애쓰는 것이다. 내 생각에 이것은 소설 쓰는 사람에게 가장 필요한 습관이다. 우리에겐 두 눈이 있다. 그 눈으로 남보다 더 밝게, 더 멀리, 더 넓게 보고, 사람의 마음속까지 들여다볼 수 있어야 한다.

글쓰기의 소재와 영감은 생활 속에서 발견하는 것이 가장 좋은데, 이런 발견은 단순한 자료 수집이 아니다. 평소에 관심 있고 나와 밀접한 주제, 나에게 가장 와닿는 주제여야 더 자연스럽고 타인의 마음에도 가닿는 글이 나온다. 이런 느낌에 늘 주의를 기울여야 한다. 나는 시장에서 자란 덕에 주변의 상인, 손님, 가게 그리고 온갖 장사를 생업으로 삼는 사람들의 형형색색이 스며들어 머릿속에 이미 세상 사람들의 수백 가지 인상이 심어져 있었다. 그러나 초창기에 쓴 글에서는 오히려 도시를 다루었는데, 그건 나에게 부족한 경험이었고, 부족하기 때문에 갖고 싶었던 것이다. 그리하여 내 첫 책에 나오는 나이트클럽이나 알쏭달쏭한 환영은 모두 내가 딱 한 번 갔던 나이트클럽에서 받은 인상에 상상력을 더해 쓴 것이다.

그때의 상상력은 내 경험 외에 주로 영화와 소설에서 얻은 지식과 기억에 의존했다.

나는 늘 젊은 작가들에게 일할 기회가 생기면 잘 활용하라고 말한다. 어떤 일이든 열심히 하면 몸에 새겨진다. 그럴 기회가 없다면 주변을 세심히 관찰하고 연구하는 것도 좋은 방법이다. 『마천루』는 2002년 초고층 건물에 살았던 경험에서 비롯된 소설이다. 글감을 찾고자 그리로 이사한 것은 물론 아니었지만 그곳의 생활은 자연히 예민한 사람을 건드릴 수밖에 없었다.

그 뒤로 몇 년이 지나고서야 그 건물 얘기를 쓸 마음이 들었지만, 기억 속에는 이미 많은 재료가 축적되어 있었다. 알고 지내는 이웃은 한 명도 없었지만 건물 관리인, 부동산 업자, 청소 아주머니, 아래층 편의점 직원 등을 가까이서 관찰할 기회가 있었다. 작은 원룸이 잔뜩 있고 온갖 사람이 뒤섞여 사는 건물이라 너무 복잡하고 으스스하다고 느낄 수도 있지만, 나는 천성적으로 사람에게 호기심이 많고 편견이 없는 터라 거주자들의 인상을 아주 많이 수집했다. 이 건물에는 분위기가 다른 사람들이 한동안 머물다 떠나곤 했다. 예컨대 한때는 외국인이 많았는데 모두 인근 초등학교에서 영어를 가르치는 교사였다. 또 한때는 금발에 파란 눈이 두드러지는 외국인 모델이 많았다. 그들과 함께 버스를 기다리면서 억양을 들어보면 영국인이나 미국인은 아니었다. 나중에 부동산 업자에게 물어보니 동유럽에서 왔다고 했다. 건물의 생태계는 쉼 없이 바뀌었고, 나도 늘 주의 깊게 지켜보았다.

나는 생활과 인생에서 나오는 소재를 마음속에 늘 담아두었다. 그리고 때때로 저 사람들은 어떤 삶을 살까, 거주자들로 인해 건물은 어떻게 변할 수 있을까를 상상했다. 『마천루』를 준비하면서 가장 먼저 한 일은 인물 스케치였다. 나는 이런 스케치를 아주 잘한다. 간략한 묘사뿐 아니라 그걸 확대해서 써나갈 수 있다. 인물의 외모와 차림새부터 상상하기 시작해 그 인물들에게 저마다의 신상과 이야기를 부여한다.

이런 연습을 늘 하고 있다. 예전에는 버스를 타고 많이 돌아다녔다. 버스 안에 있는 다양한 승객, 그들의 옷차림과 체형과 외모 등이 모두 무한한 연상을 불러일으켰다. 또 자주 나가서 걸어다니며 거리에서 온갖 장사를 하는 가게들을 살펴보았다. 나는 어릴 때부터 만사가 궁금했고, 길에서 종이한 장을 주워도 정독해야 했다. 길가에서 공사하는 인부들을 보면 걸음을 멈추고 구경했으며, 가스 배달 아저씨가 오면 부릉부릉 오토바이 소리, 아저씨가 가스통을 멘 모습이며 가지고 다니는 도구들, 발에 뀐 슬리퍼까지 모두 머릿속에 새겨두었다.

나는 배관공이 수리하러 집에 오면 공구함을 관찰하거나

심지어 빌려서 들여다보는 사람이다. 뭐든 가까이서 관찰할 기회는 절대 놓치지 않는다. 그러다보니 다양한 직업인과 이야기할 기회가 생기는데, 자료 조사를 위해서가 아니라 그냥 습관이다.

이들은 모두 우리의 가장 훌륭한 스승이다. 영감이란 시시각각 관찰하고, 생각하고, 상상하고 나서야 촉발된다. 이런 습관을 항상 유지하며 영감을 불러일으키는 연습을 해야 한다. 예를 들면, 오래전에 알게 된 청소 아주머니는 친해지니까 나한테 속내를 털어놓았다. 쇼핑 중독과 사재기 증상이 있는 것 같다는 얘기였다. 그게 어떤 증상이냐고 물었더니 아주머니는 아주 상세히 말해주었다. 내가 비난도 충고도 안 하니까 마음을 열고 자세히 털어놓은 것이다. 듣는 순간 소설 한 편이 되겠다 싶었지만 즉각 쓰지는 않고 마음속에 담아둔 채 숙성시켰고, 몇 년 뒤 이 인물은 『마천루』에서 중요한 역할로 변신했다.

나는 영감에 의존하지 않는다. 영감을 만든다.

날마다 컴퓨터를 켜면 오랜 세월 내 머릿속에 축적된 사람과 사물들이 자연스레 이야기를 만들어낸다. 그렇다고는 해도 애초에 영감이라는 것은 스쳐가는 희미한 스냅 사진 같은 것에 지나지 않는다. 어떤 장면이나 인상이 실제 소설의 글감이 되려면 연마하고 구상해야 한다. 그런데 그게 원래 내 일이다. 나는 쓰기 전에 반드시 생각하는 습관이 들어 있다. 어떤 장면이 이야기가 되고, 그 이야기가 소설이 될 때까지 기다리는 것도 잘한다. 글쓰기에 필요한 것은 영감뿐만이 아니라 구체적으로 실천하는 능력이다.

예전에 나는 '기억 못 하는 일은 쓸 가치가 없다'고 말하곤 했다. 메모를 반대하는 게 아니라, 그 자리에서 열심히 기억하도록 훈련해야 한다는 뜻이다. 나는 특별히 주의가 쏠리는 일을 보면 마음속으로 거듭 되새기고, 기억 속에 녹아들 때까지 생각하고 또 생각한다. 물론 시간은 기억을 닳게 만들지만, 때로는 이렇게 초안처럼 보이는 소소한 것들로 짧게는 수십 자, 길게는 수천 자까지 쓸 수 있다. 이런 글감은 모두 컴퓨터에 저장해둔다. 나중에 열어보지 않을 수도 있지만, 더 깊이 새겨 상상을 확장하기 위해, 그리고 재료를 사용 가능한 정보로 가공하기 위해 써둔 것이다. 탄약고에 잘 보관해두면 언젠가는 꺼내 쓰게 될 것이다.

글이 나오지 않을 때는 무리해서 쓰지 않아도 된다. 다만 지금 당장 쓰고 싶은 것을 따라 생각이 흘러가게끔 둔다. 내 방법은 산책을 하거나 차를 타는 것이다. 그러면 내 몸이 움직이고 주변 풍경이 달라지면서 평소 상태에서 벗어난다. 익숙한 처지에서 벗어나면 두뇌가 활성화된다. 그때 생각을 깨

곳이 비우고 뭐든 자유로이 떠오르게 놔둔다. 걷거나 차가 달리는 리듬에 따라 눈에 보이는 장면이 바뀌고 많은 정보가 나타난다. 눈앞의 풍경, 지나가는 인물, 이따금 눈길을 끄는 사물에 집중하다보면 글쓰기와 관련된 무언가가 나타날 수도 있다. 그러면 그냥 떠오르게 놔두면서 편안히 있으면 된다. 당장 서둘러 적지 말고 그것이 조금 더 자라게, 조금 더 넓어지게 하면 상상까지 불러일으키기도 한다. 머릿속 곳곳에 저장된 지식과 기억도 활성화된다. 계속 가도 되고 천천히 집으로 돌아와도 된다. 집에 돌아오면 메모부터 하거나, 즉시 컴퓨터를 켜고 쓰기 시작한다.

영감을 더하는 또 다른 방법은 당장 쓰는 것이다. 먼저 키워드를 써본다. 이를테면 '마천루'의 키워드는 '빌딩' '수천 세대' '시내에 우뚝 솟은 거대한 존재' 등이다. 이렇게 하나하나 적어가다보면 서서히 느낌이 온다. 키워드 다음은 배경이다. 건물이 있으면 사람이 있게 마련인데, 이토록 거대한 건물에는 사람이 얼마나 있을까? 수천 세대에 제각각 어떤 사람이 살고 있을까? 성별, 나이, 생김새, 직업, 자가에 사는지 세들어 사는지와 같은 배경이 나오면 이제 이야기다. 그들이 왜 여기서 사는지, 그들에게 무슨 일이 일어났는지. 이런 식으로 계속하면서 대표 인물 몇 명을 써내고, 그들에게 어떤 이야기가 생겨날 수 있는지 생각해본다.

　이미 시작했다면, 소설이나 글을 시작은 했는데 영감이 떠오르지 않는다면, 쓴 내용을 되풀이해 읽으며 허술하거나 부족한 점을 찾아내보자. 이미 쓴 것 말고 미처 생각하지 못했거나 더 확장할 수 있는 부분이 있는지, 내가 쓴 글의 이면에는 무엇이 있는지 생각해본다. 이면을 생각하는 것은 아주 좋은 훈련이다. 사고방식을 전환하고 작품의 가능성을 확장하는 데 유용하다.

　충분히 쓴 것 같고 이어지는 다음 생각이 없다면, 가장자리를 따라 조금 더 멀리 가보거나 시점을 앞으로 당겨보자. 이 사건이 일어나기 전에 무슨 일이 있었기에 지금 같은 상황이 되었을까? 그렇게 조금씩 앞으로 가거나 뒤로 가보자. 영감은 결코 신비로운 것이 아니다. 그것은 길가에 있는 작은 돌멩이와 같다. 걸어가면서 줍다보면 우리를 천천히 먼 곳으로 이끌어준다.

　어찌 됐든 꾸준히 연습하고, 계속해서 각성하고, 좋아하는 작품과 항상 연관된 상태를 유지하자. 묘하게도, 우리가 작품을 늘 마음에 두고 생각할 때, 그것은 저절로 주변 모든 것을 포함하는 하나의 우주를 형성한다. 그러면 우리가 보는 사람과 사물, 읽고 있는 책, 빠져 있는 드라마, 친구에게 들은 일,

심지어 TV 뉴스나 인터넷 화제까지 모든 것이 작품과 관련 있는 것 같고, 작품은 갑자기 어디에나 있게 된다. 그때 비로소 깨닫는다, 우리에겐 영감이 필요 없다는 걸. 왜냐하면 영감은 이미 우리 일상에 녹아들어 있고 우리와 깊이 연결되어 있기 때문이다. 우리가 해야 할 일은 의자에 앉아 컴퓨터를 켜거나 원고를 펼치고, 마음을 가라앉히며, 소위 영감이란 것을 글귀로 바꾸는 데 두 시간을 투자하고, 그 글귀를 따라 우리 작품 속으로 걸어 들어가는 것이다.

30년을 지켜온
네 가지 원칙

누군가는 이런 질문을 한다. 적당한 시기에 손절이란 걸 해야 하나? 스스로에게 기한을 정해줘야 할까?

내 생각엔 스스로 원칙을 세우는 것이 중요하다. 꿈을 이루는 과정에서 몇 가지 중요한 원칙을 알아둔다면 파국에 이를 일은 없을 것이다.

내 첫 번째 원칙은 돈을 빌리지 않는 것이다. 주택 대출금이나 창업 보조금이 아니라면, 꿈을 이루기 위해, 특히 글을 쓰기 위해 돈을 빌리지는 말자.

나는 어릴 때부터 집에 빚이 있었기 때문에 빚이란 것이 한 사람, 한 집안에 어떤 영향을 미치는지 통감하고 있다. 그래서 힘써 생활비를 벌어야 한다고 모두에게 줄곧 강력하게 호소해왔다. 꿈이란 하루아침에 이루어지는 것이 아니다. 마이 너스 통장이나 대출금은 눈덩이처럼 걷잡을 수 없이 불어나 수습이 불가능해질 수도 있다. 일을 하면서 글을 쓰는 것은 나쁠 게 전혀 없다. 글 쓸 시간이 많은지 적은지 스스로 가늠하게 되고, 꿈을 이루기 위한 자금은 스스로 천천히 비축하는 것이 가장 좋다. 글쓰기나 창작에 관련된 일은 즉각 실현되는 것이 아니기 때문이다. 아무리 훌륭한 작품을 완성하더라도 그게 얼마의 금전적 보수로 바뀔지는 누구도 정확히 알 수 없다. 그런 상황에서 돈을 빌린다면 그건 크나큰 압박이 된다. 빚을 갚아야 한다는 압박감 속에서 글을 쓰면 도무지 전념하거나 몰입할 수가 없다.

두 번째 원칙은 누군가의 협조나 지원, 비빌 언덕을 기대하지 않는 것이다. 예전에 누가 '작은 거처를 제공할 테니 너는 쓰는 데 전념하라'고 철석같이 약속한 적이 있지만 결과는 매우 참담했다. 첫째, 진정으로 아무 사심 없이 나에게 헌신해주는 사람은 거의 없다. 상대방이 아무리 나를 지지하겠다고 약속해도, 결국은 사람과 재물을 모두 잃는 것으로 끝나기 쉽다. 둘째, 삶이란 변화무쌍하기 때문에 상대방이 아무리 진심이라 해도 그럴 능력이 없는 상황이 닥칠 수도 있다. 경험이 나에게 말해주었다. 스스로 돈을 벌라고, 많이 벌든 적게 벌든 최소한 나 자신을 먹여 살릴 만큼은 벌어야 한다고. 그래야만 내 저력을 쭉 유지할 수 있고, 글쓰기에서 이 저력이란 것은 대단히 중요하다.

세 번째 원칙은 유연성을 잃지 않는 것이다. 많은 사람이 글쓰기와 생업, 둘 중 하나를 선택해야 한다고 생각한다. 하지만 생업에 종사하면 글을 쓸 수 없고 글을 쓰면 생업을 버려야 한다는 극단적인 생각은 내 발목을 잡을 뿐이다. 미적거리다보면 시간은 헛되이 흘러간다. 글을 쓴다는 것은 중대한 일이지만, 내 마음속 비밀이 될 수도 있다. 나는 서른두 살까지 이런 마음으로 글을 썼다. 글쓰기는 나만의 비밀이었다. 나는 그 비밀을 위해 기꺼이 잠을 희생해가며 여기저기서 갖가지 일을 했다. 심지어 내가 글을 쓴다는 사실을 남에게 알리지도 않았고, 동의를 구하려고 하지도 않았다. 내가 쓰고 싶으면 쓰는 거지, 다른 사람의 인정이나 동의는 필요 없었다.

타이베이에 오자 처음에는 1년에 30만 위안을 벌겠다는 계획을 세웠다. 생활비를 충당하고 가족도 도우려면 그 정도는 필요했다. 어려워 보이는 목표였지만, 나 자신을 글쓰기 노동자라고 여기면 못 할 것도 없었다. 예전에 많은 일을 해봤던 터라 글 쓰는 일 또한 마음만 잘 다스리면 그리 어렵게 느껴지지 않았다. 그때 나는 돈 버는 글을 쓰는 천쉐와 소설 쓰는 천쉐를 분리했다. 이를테면 나는 여행 기사를 쓰는 기자로

서는 숙련자가 아니지만, 소설가로서 창의력을 발휘하는 능력은 매우 뛰어나다. 여행 기사로 유명해질 생각은 없으니 제시간에 충실히 마감하는 임무만 해내면 만족이었다. 그때의 나는 꽤나 모순되어 보였다. 한편으로는 소설에 내 모든 걸 아낌없이 바쳤고, 다른 한편으로는 세일즈 정신을 발휘해 의뢰인과 빈틈없이 보수를 협상하고 계약을 맺었다. 문학인이라는 생각에 괜스레 움츠러드는 마음은 전혀 없었다. 그때는 아직 스스로 소설가라고 여기지도 않았다. 나는 소설 연습생이었다. 소설가가 돈을 사랑한다는 사실을 받아들이지 못하는 사람이 많다. 돈 얘기가 나오면 문학인은 즉시 얼굴을 붉혀야 한다고 여긴다. 하지만 내 생각은 다르다. 내 꿈을 보호하려면 현실적인 능력을 갖춰야 한다. 나는 순진하지만 멍청하진 않다. 내 소중한 시간을 다른 사람이 값싸게 소비하게 하고 싶진 않다.

네 번째 원칙은 스스로를 보호하는 것이다. 글쓰기라는 머나먼 길과 현실의 보수는 비례하지 않는 경우가 대부분이지만, 그래도 타인의 검증에 직면할 수밖에 없다. 첫 책을 낼 때 또는 어딘가에 발표하거나 응모할 때는 인생의 모든 것을 걸고 올인하는 심정이 된다. 첫 책이 성공을 거두지 못했다면서 나락으로 떨어지는 사람도, 누군가의 논평 때문에 투지를 잃는 사람도 많다. 내가 보기엔 그럴 일이 전혀 아니다. 우리를 비평하는 사람도, 좋아하거나 싫어하는 사람도 있을 것이다. 때로는 아무 반응이 없어 무시당하는 기분이 들기도 한다. 하지만 이 모든 것은 기나긴 인생에서 짧은 순간에 지나지 않는다. 물론 어떤 감정은 들기 마련이다. 비판을 받고도 기뻐할 수는 없는 법이니까. 내 첫 책에 서문을 쓴 사람의 평가에 나는 몇 년이나 신경이 쓰였다. 그러나 그 평가는 내 마음속에서 격려의 목소리로 변하더니 결국 발전의 동력이 되었다.

나는 내 소설의 가장 훌륭한 홍보대사이자 나 자신의 가장 열렬한 지지자다. 처음 글을 쓸 때 온 세상이 반대했기 때문이다. 내가 나를 보호하지 않고 믿지 않는다면 누가 내게 힘을 줄 수 있을까?

지금까지도 나는 '조언 감사합니다, 다음 책을 쓸 때는 더 노력하겠습니다' 하는 마음으로 각종 비판에 임한다. 내 소설이 아짜오라는 관문을 통과하고 나면 그다음엔 누구에게 지적을 당해도 흔들리지 않는다. '조언 감사합니다, 다음 책을 쓸 때는 더 나아지겠습니다'는 내 진심이다. 다음번에 또 어떤 어려움에 맞닥뜨릴지 알 수 없으니, 더 노력하겠다고 말할 수밖에.

'다음 책'은 내가 30년간 글을 쓰게 해준 법보法寶다.

나는 영원히 나 자신에게 기회를 줄 것이다. 나 자신을 철저히 부정하는 일은 없을 것이다. 누가 뭐래도 나는 책을 써 낼 수 있다는 게 정말 좋다. 이 세상에서 그것은 그저 한 권의 책일 뿐이지만 나에게는 1년 또는 2~3년에 걸친 피땀 어린 노력이다. 당연히 나 자신을 지지해야 한다.

30년 동안, 나는 이 원칙들에 의지해 나 자신을 지지하며 한 걸음 한 걸음 위기를 헤쳐나갔다. 남에게 누를 끼치지도, 스스로를 몰아붙이고 못살게 굴지도 않았다. 나는 실용적인 태도로 마음속에 품은 이상적인 삶을 향해 매진했다. 나는 스스로를 대단히 중요하게 보지도, 너무 하찮게 여기지도 않는다. 나는 내가 글쓰기를 좋아하고 전업작가가 되겠다는 포부를 가진 직업인이라고 생각한다. 프로페셔널하려 하지만 끝도 없이 완벽을 추구하지는 않는다. 적절한 시기에 손을 놓고, 그 단계에서의 작품의 진정한 모습을 내보인다. 그렇게 소설을 마무리하고는 스스로에게 말한다. 여기까지가 지금의 나로서는 가장 잘해낸 거야. 나는 최선을 다했어. 그러고 나면 더 이상 자책하지 않는다.

처음부터 끝까지, 사실상 우리를 심사하고 감독하고 우리에게 무언가를 요구할 수 있는 사람은 우리 자신뿐이다. 나 자신을 용감하게 마주하고, 나를 보호하고, 내가 나아갈 길을 지켜야 한다.

나만이 쓸 수 있는
작품을 쓰자

누군가는 이렇게 묻는다. 상도 못 받고 책도 안 팔리는데 어떻게 자기 자신을 인정해야 하나? 어떻게 확신을 품고 계속 써나갈 수 있을까? 헛수고 아닐까? 길을 잘못 든 거라면?

젊은 시절의 내 글쓰기는 순전히 열정에 의지했는데, 친구가 내 글을 공모전에 몰래 보내는 바람에 나도 모르게 응모하게 됐다. 내 소설이 꽤나 대담하다는 걸 알기에 상을 받기는 어려우리라 짐작했지만, 그래도 못 참고 그 문예지를 훔쳐보았다. 역시나 낙선이었다. 그런데 뜻밖에도 상을 받지 못했기 때문에 책을 낼 기회가 생겼다. 이건 정말 행운이었다.

하지만 그때 책이 나오지 않았다 해도 나는 계속 글을 썼을 것이고, 언젠가는 역시 책을 냈을 거라고 생각한다. 시간은 더 걸렸겠지만 말이다.

그렇게 세상에 나온 책은 논란이 있는 작품이라 평가도 극과 극이었다. 혹평을 보면 괴로웠지만 나는 일찌감치 마음의 준비가 되어 있었다. 세간의 공감을 얻기 힘들다는 걸 각오하고 쓴 소설이었다. 그래도 나는 써야 했다. 그것은 내 것이고 나만이 쓸 수 있는 소설이었으니까.

논란의 작품으로 데뷔해 금세 두 번째 출간 계약을 따냈지만, 두 번째 책은 완전히 무반응이었다. 좋다 나쁘다, 아무런 평가도 없이 조용히 나왔다가 서서히 사라졌다. 그때 나는 배송을 다니느라 바빴는데, 후웨이에 있는 서점에 배송하러 갔다가 우연히 진열대에 놓인 내 책을 봤다. 그때도 아직 내가 작가라는 생각은 들지 않았다. 다른 일에 종사하면서 내 책이 진열대에 놓인 모습을 보니 마음이 매우 착잡했다.

세 번째 작품은 표지가 귀여운 작은 책이었는데, 출간하고 얼마 지나지 않아 출판사가 문을 닫았고 결국 절판되었다.

그 뒤로 글을 쓸 수 없는 긴 세월이 찾아왔다. 하고 싶지 않은 일을 해야 했고, 집에는 거액의 빚이 있어 또다시 파산하지 않으려면 매일 산송장처럼 죽어라 일해야 했다. 하루하루가 고달팠고, 그런 생활에서 벗어날 출구가 보이지 않았다. 배송을 마치고 집에 오면 재방송 드라마나 영화를 보면서 손목시계 시간을 맞춰놓았다가, 완전히 녹초가 되면 그제야 자러 들어갔던 기억이 난다.

어느 날 마침내 굳은 결심을 했다. 잠자기 전에 소설을 쓰는 거다. 컴퓨터를 켜고 처음에는 두서없이 닥치는 대로 키보드를 두들겼다. 매일 밤 나 자신을 컴퓨터 앞에 우두커니 앉혀두었다. 마치 나를 위해 결계를 치듯, 매일 한두 시간씩 나 자신의 시간을 가졌다. 드디어 나는 딸, 반려자, 사업 파트너의 신분에서 벗어날 수 있었다. 나는 단지 나, 시간을 훔쳐 소설을 쓰는 사람이었다. 이렇게 매일 두세 시간씩 잠을 줄여가며 글을 썼고, 1년이 지나 『악마의 딸』을 완성했다.

나는 끝내 이해했다. 작가가 되고 싶다면 오로지 글을 써야만 한다는 사실을.

네 번째 책도 1판만 찍고는 절판됐다. 한참 동안 서점에 다녔지만 내 책은 보이지 않았다.

2000년부터 2002년까지는 일주일에 나흘만 일하는 생활을 쟁취해냈고, 남은 사흘 동안 규칙적으로 글을 써서 12만 자 분량의 장편 『러브호텔愛情酒店』을 완성했다. 나는 그 책을 가지고 타이베이로 갔고, 전업 소설가가 되어 오늘에 이르렀다.

나는 오래오래 버텨왔다. 가난하지만 궁상맞진 않았다. 물질적으로는 최저 수준의 생활을 하더라도, 온갖 정신적·육체적 고통에 시달리는 와중에 여전히 소설을 쓰고 싶었고, 꿋

꿋하게 써나갔다.

『다리 위 아이』부터 『부마자』까지의 몇 년간, 작품 스타일을 전환하면서 원래 있던 독자를 잃었고 책 판매도 부진했다. 그동안 이런저런 글쓰기 아르바이트를 엄청나게 했다. 인터뷰, 전기, 칼럼을 쓰고 희한한 주제의 글도 쓰면서 생활비를 벌고 집에 빚 갚을 돈을 송금했다. 그 길고 외로운 시절에도 나는 어떻게든 틈을 내 소설을 쓰려고 노력했다. 그때 나 자신을 의심한 적이 있냐고? 정말로, 단 한 번도 의심하거나 후회하지 않았다. 내가 좋아하는 일을 하느라 부모님을 도와 돈을 벌지 않는다는 자책만 했을 뿐이다.

모든 것을 버리고 타이베이로 온 이유는 소설을 쓰기 위해서라는 걸 나는 똑똑히 알고 있었다. 그런데 이런 질문을 하면? 스스로 느끼기에 충분히 잘하고 있나? 나에게 자질이 있나? 내가 과연 성공할 수 있을까? 나는 아예 몰랐다. 캐물어 답을 얻고 싶지도 않고, 그럴 필요도 없었다. 글쓰기는 내가 가장 좋아하는 일이기 때문에 대가를 따지지 않고 하고 싶을 따름이었다. 득실을 따지고 가치를 따졌다면 가족을 떠나지도, 하던 일을 놓지도 않았을 것이다. 매일 조금씩 빈 시간을 찾아낼 수만 있다면, 작고 조용한 집에서 원고를 쓰든 책을 읽든 내 삶을 살아간다는 느낌이 들었다. 아무것도 헛되지 않았다.

어느 날 아짜오가 물었다. 계속 상을 받지 못했다면, 책을 내도 잘 팔리지 않았더라면, 그래도 여전히 자신을 믿었을까?

나는 그랬으리라고 확신한다. 처음에 나를 믿은 사람은 오직 나뿐이었으니 마지막에도 나는 여전히 나를 믿을 것이다. 상을 받았든 못 받았든, 책이 얼마나 팔렸든 나는 곧 나이며 내가 쓴 것은 나만이 쓸 수 있는 소설이다. 그것만으로도 그 책의 존재 가치는 충분하다.

지난 10년간 매년 한 권씩 책을 냈다. 책 홍보 기간에는 어쩔 수 없이 순위를 보게 된다. 오랫동안 보노라니, 트렌드는 계속 바뀌며 매년 새로운 작가들이 나타나고 새로운 수상자와 새로운 스타가 등장한다는 사실을 알게 됐다. 그러나 책이 잘 팔리는 일도, 상을 받은 일도, 다른 영예를 얻은 일도 한두 달 기분 좋다가 지나가고 만다. 물론 그 덕분에 인정받거나 돈이 생기지만, 작가를 매일매일 지치지 않고 책상 앞으로 돌아오게 만드는 것, 요통이라든지 글쓰기에 뒤따르는 온갖 고생을 견디며 계속 쓰게 하는 것은 영예와 돈이 아니라 글쓰기를 향한 뜨거운 사랑이라고 생각한다. 내가 누구인지, 무엇을 했는지, 어떤 자리에 있는지 깨닫게 해주는 것도 바로 그 진솔한 작품들이다.

좋아하는 일을 택하고, 쓰고 싶은 것을 써서 참을성 있게 완성하고 나면, 세속의 보상이 얼마가 되든 간에 그 보상은 작품 자체가 현실로 돌아와서 만날 수밖에 없는 필연적인 조우라고 생각하자. 상을 받으면 기뻐하고 책이 잘 팔리면 기뻐하는 것도, 상을 못 받고 보조금도 못 타고 베스트셀러 순위에도 못 오르면 낙담하는 것도 당연하다. 그러나 그것이 우리가 계속 글을 쓸 수 있는지 없는지를 결정하는 주된 요소는 아니다. 내 작품을 지배할 수 있는 사람은 오직 나 자신뿐이다.

그렇다면 세속적인 보답 없이 어떻게 스스로를 긍정할 수 있을까? 진심으로 자신의 글쓰기를 마주하자. 그러면 모든 것이 분명해지리라고 본다. 이 작품을 위해 최선을 다했다면, 그것은 헛되지 않다. 길든 짧든 그 시간은 헛되지 않다. 최선을 다했지만 글이 완벽하지 않더라도 문제 될 일은 아니다. 우리는 여전히 다음 책을 쓸 수 있으며 다음 책에서 더 나아지기를 기대할 수 있으니까.

글쓰기는 기나긴 강이며 우리 삶이다. 어느 하루의 흐림이나 맑음이나 비바람이 평생을 좌우하지 않는다. 심혈을 기울여 완성한 작품 하나하나를 조심스레 대하자. 그런 작품을 써낼 수 있는 당신, 그때의 당신이 바로 최고의 당신이다.

우리는 가장 강한 사람이 될 필요도 없고, 가장 뛰어난 사람, 최고의 천재가 될 필요도 없다. 그 눈부신 타이틀이나 칭호는 제쳐두고, 농부처럼, 장인처럼 자기 분야에서 부지런히 갈고닦으며 피나는 노력을 하자. 오랜 노력 끝에 생겨난 미세한 차이를 보면 그 한 걸음 한 걸음이 헛되지 않았다는 사실을 똑똑히 알게 될 것이다. 한 단계 한 단계 나아가면서 그 단계에서 쓸 수 있는 가장 훌륭한 작품을 써내기만 한다면 스스로에게 떳떳할 것이다.

남과 비교하지 말고, 남의 의견 때문에 자신에게 회의를 품지도 말자. 하루하루의 글쓰기야말로 내가 가진 가장 중요한 것임을 잘 알 테니까. 글쓰기의 의미와 가치는 하루아침에 검증될 수 있는 것이 아니다. 증명하려면 더 오랜 시간이 걸린다. 스스로를 먹여 살릴 수만 있다면 내 작품 또한 먹여 살릴 수 있고, 그러다보면 언젠가는 내 작품이 나에게 영양분을 주고 도움을 주러 돌아올 것이다.

창작자라면 누구나 외부 평가, 작품의 판매량, 수상 여부에 신경을 쓰게 된다. 당연한 일이며, 그것마저 우리의 천성 가운데 하나다. 하지만 나는 좋은 창작자라면 자신의 감정보다 작품을 더 중요하게 여겨야 한다고 생각한다. 작품을 완성하는 과정에서 겪는 좌절과 낙담은 필연적이다. 무력감에 빠져 방황할 수도 있다. 다만 그런 감정을 회피하려고 에돌아가거나 글쓰기로부터 달아나지는 말자. 우리는 좋은 느낌과 나쁜 느낌, 실망감, 심지어 좌절감까지도 작품에 담아낼 수 있다. 바닥을 치면 그런 실의와 고통에 빠진 사람들의 감정이

절절히 느껴진다. 순조롭고 흡족한 상황에 처하면 또 그런 사람들의 심경이 이해되고 말이다. 더 좋은 작품을 쓰려면 우리가 살아가면서 필연적으로 겪는 희로애락과 굴곡을 직시하고 거기에 대처해야 한다. 어떤 상황에 놓였든 쓸 수만 있다면, 글쓰기는 우리가 그런 고통을 초월할 수 있게 도와준다. 고난을 작품의 피와 살로 바꾸고, 그럼으로써 우리 자신은 더 넓어지고 굳세질 수 있다.

심지어 글이 잘 안 풀리는 순간, 도무지 써지지 않는 순간 그리고 아예 글을 쓰지 않는 것처럼 보이는 순간에도 여전히 꿈을 품고 있다면, 우리는 그 모든 순간을 가슴 깊이 새긴 채 글 쓸 수 있는 시간이 오기를 차분히 기다릴 수 있다.

오래오래 기다려야 한다 해도 나만이 쓸 수 있는 작품을 쓰자. 나 자신에게 시간을 주자. 조금씩 모은 그 시간 동안 한 걸음 한 걸음 나아가면, 끝내는 우리가 써낸 작품들 덕분에 우리 자신의 삶을 살게 될 것이다. 작품들 또한 가장 든든한 계단이자 보루가 되어 우리가 가고 싶은 곳으로 계속 나아가게 해주고, 우리를 충성스레 지켜줄 것이다.

나만이 쓸 수 있는 작품을 쓰는 것, 그것이 나 자신을 긍정하는 가장 좋은 방법이다.

가장 아름다운 일은
책상 앞으로 돌아가는 것이다

　　장편소설을 쓸 때 가장 중요한 자질은 인내력, 지구력, 끝없는 수정을 견디는 능력, 작품을 완성할 수 있는 능력이라고 생각한다. 마음뿐만 아니라 몸도 버텨줘야 한다.

　　나는 어릴 때부터 몸이 많이 약해서 햇볕을 쬐었다 하면 코피를 쏟았다. 체육 시간이면 나무 그늘에 앉아 바람을 쐬어야 했고, 다른 아이들이 햇빛 아래서 공놀이를 하고 달리는 모습을 보며 부러워할 따름이었다. 하지만 부러움은 부러움일 뿐, 운동을 하겠다는 생각은 해본 적이 없었다. 글을 쓰기 시작하자 거의 밤에 원고를 썼다. 대학을 졸업하고는 오랜 시간 몸 쓰는 일을 하다보니 글 쓰는 시간은 한밤중부터 동틀 때까지였다. 서른두 살에 타이베이에 자리 잡고 글쓰기가 내 본업이 되고 나서야 서서히 일과 휴식을 조절하기 시작했지만, 늦게 자고 늦게 일어나는 습관은 여전히 고칠 수 없었다.

서른일곱 살에 『부마자』를 쓰기 시작하면서 소설 쓰기는 몸 쓰는 일이라는 사실을 분명히 깨달았다. 영감이나 기발한 생각이 아무리 많이 떠오르더라도, 그 생각을 실현하는 유일한 도구는 우리 몸이다.

2007년, 내내 운동을 하지 않았던 나는 운동을 시작하기로 마음먹었다. 조만간 20만 자가 넘는 장편을 쓰게 될 것 같았다. 그래서 수영장에서 어르신들과 함께 팔을 들고 걷고, 근처 초등학교와 공원에 가서 빨리 걷기를 하고, 집 근처 요가원에 가서 요가를 했다. 그때 나는 몸이 어찌나 뻣뻣했던지 제대로 구부리지도 못했고, 다운독 자세를 하면 수명이 반으로 줄어드는 기분이었다. 소질은 전혀 없었지만 뻔뻔함에 기대어 일주일에 두 번씩 요가 교실에 갔다.

그렇게 서툴게나마 운동을 하면서 내 몸이 달라지는 걸 느꼈고, 2007년부터 2008년까지 23만 자 분량의 장편을 완성했다.

다행인지 불행인지, 2008년 말에 자가면역질환에 걸렸다. 불행해 마땅한 일이지만, 이 병을 앓으면서 나는 그동안의 경험을 완전히 지우고 모든 것을 다시 연습하는 과정을 거쳐야 했으며, 그러면서 어떤 상황에서도 글을 쓸 방법을 찾아낼 수 있다는 걸 차례로 경험했다. 그렇게 나에게 이 병은 또 하나의 귀중한 발자취로 남았다.

병에 걸리자 당연히 또 한 번 천지개벽을 겪어야 했다. 2009년 아짜오와 재회했을 때 나는 이미 글을 쓸 수 없을 정도로 아팠다. 펜도 젓가락도 쥘 수 없었고, 그다음엔 서서히 눈에 염증이 생겼으며, 속눈썹이 거의 다 빠지고 시력이 떨어져 책 읽기도 힘들어졌다. 그해에 어떤 세미나가 있었는데 단편 하나를 내야 해서 어떻게든 글을 썼다. 3000자를 쓰고 나니 오른손으로 마우스조차 잡을 수 없었다. 다급해진 나는 인터넷에서 음성 인식 소프트웨어를 찾아냈지만, 막상 사고 보니 내 말을 전혀 인식하지 못했다. 컴퓨터가 내 글을 이해하게끔 하려면 좀더 구어체로 말해야 하는데, 그렇게 하면 전혀 내 소설 같지 않았다. 그 뒤로 나는 음성 입력 방식을 거부하게 됐다. 지금의 휴대폰이 아무리 대단하다고 해도, 말로 하는 것과 글로 쓰는 것은 다르다고 생각한다.

날마다 손바닥에 온찜질을 했고, 친구가 홍콩에서 초강력 인체공학 키보드와 마우스를 보내줘서 간신히 1만 자의 단편을 쓰고는 기나긴 휴식에 들어갔다.

자가면역질환 전문의가 처방한 약이 효과가 있었던 걸까, 일주일에 두 번씩 중의원에 가서 받아온 중약의 효과일까, 공원에 가서 열심히 걸은 덕분일까. 꼬박 1년이 지나자 나는 장편을 쓸 수 있는 상태로 회복되었다. 그리고 2011년, 나 자신도 믿을 수 없는 방식으로 32만 자 분량의 장편 『미로 속의 연인迷宮中的戀人』을 완성했다.

그 뒤로 10년 동안 또 많은 장편소설을 썼다.

내가 보기에 나는 대단히 건강한 사람은 아니다. 그러나 내 몸을 다양한 상황에 적응시키려 늘 노력했고, 글을 쓸 수 있는 상태로 나 자신을 맞춰나갔다.

친구 말로는 내가 의지력이 매우 강하다지만, 나는 의지력이 아니라 적응력 덕분이라고 생각한다. 하고 싶은 일을 계속할 수 있게 어떻게든 방법을 찾아내는 능력이랄까. 나는 인내심이 대단하고 온갖 좌절을 딛고 일어서고자 온 힘을 쥐어짤 수 있다. 갖가지 질병과 함께해왔기 때문에 갖가지 고통 속에서도 글을 쓸 수 있는 갖가지 방법을 개발했다. 우리는 반드시 가장 강해질 필요가 없다. 그러나 더 멀리 걸어가기를 기대할 수는 있다.

누군가 물었다. 글을 쓰면서 피곤하고 짜증나거나, 내 작품이 별로라고 느껴져 스스로에게 화나고 실망할 때는 어떻게 지속해야 하느냐고.

내 대답은 다음과 같다. 그건 모두 필연적인 과정이니 적응하고 직시해야 한다. 그러고는 대처 방법을 찾아야 한다.

나처럼 글쓰기를 좋아하는 사람도 글이 시원찮거나 술술

풀리지 않거나 스스로에게 회의가 들거나 자질이 부족하다고 느끼는 것은 일상다반사다. 당연히 글쓰기가 늘 즐거울 순 없다. 그런데 글쓰기의 즐거움은 대부분 '어려움을 극복하는' 데서 비롯된다. 그러니까 처음엔 별로였던 글이 서서히 좋아지는 모습을 보면서, 또 처음엔 잘 안 풀려도 계속 직시하고 문제점을 찾아내 개선해나가고, 끈질기게 협상해 대응책을 마련해가면서 말이다. 어려움이 클수록 우리는 더 강해진다. 우리가 애써 소설을 쓰는 이유는 쉬워서가 아니라 매우 어렵기 때문임을 명심하자. 우리는 이 어려운 일을 통해 자신의 모든 역량을 발휘하려 한다. 책 한 권을 완성할 때마다 허물을 벗는 기분이고, 나에게 없던 것이 많이 생겨나 거의 새로운 사람이 되는 기분이다. 그렇기에 소설 쓰기는 그토록 매력적인 일이 된다.

자기 작품에 진지하게 임하는 사람이라면 누구나 비슷한 난관에 직면할 것이다. 차이점은 포기했는지, 대처 방법을 생각했는지, 그 길을 걸어갔는지, 결국 그것을 썼는지 여부다.

사람마다 사는 모습, 경제적 여건, 글쓰기에 쏟을 수 있는 시간이 다르니 자신의 상황에 맞춰 글쓰기에 적합한 시간을 만들어내면 된다. 그에 앞서 이 사실은 똑똑히 알고 가자. 어려움은 반드시 있다. 벽에 부딪힐 수밖에 없다. 좋은 글이 안 나오는 것도 필연적이다. 이런 어려움은 원래 글쓰기의 일부분임을 받아들이자. 그리고 자신이 받아들일 수 있는 방식으로 개선책을 찾아내자.

내 소설의 초고는 언제나 끔찍하다. 누가 보면 내가 어느덧 20여 권의 책을 냈다는 사실을 믿지 못할 것이다. 그러나 나는 나 자신을 아주 잘 참아낸다. 한 권의 성패로 나를 판단하지 않는다. 나는 원래 천재가 아니다. 하루아침에 성공할 필요가 없다. 남들처럼 일필휘지하여 한 글자도 고치지 않고 책을 펴낼 필요도 없다. 나는 그런 글쓰기를 통해 나를 긍정할 필요가 없다. 나는 천천히 쓰고 천천히 고쳐나가는 것을 좋아한다. 별로였던 내가 차츰차츰 나아지는 과정을 보는 게 좋다. 평범한 내가 끊임없이 노력하고, 그러면서 평범한 사람도 극한의 능력을 발휘해 자신을 넘어서는 작품을 쓴다는 사실을 알게 되는 게 좋다.

다만 이런 노력과는 별개로, 몸을 보호하고 부상을 방지하며 직업병을 줄이는 것은 지속력을 유지하는 데 대단히 중요하다.

내 방식은 되도록 간단한 음식을 먹으며 몸에 부담을 줄이고, 매일 8시간 이상 잠을 자고 적당한 강도의 운동을 꾸준히 하면서 내 몸을 강인하게 만들고 노화에 적응시키는 것이다. 도구도 잘 활용한다. 노트북을 쓰지 않고 데스크톱을 쓰며, 내 키에 가장 알맞은 책상을 찾고 허리를 보호하는 의자를 쓴다. 화면을 높이고 마우스를 낮추고, 작은 키보드를 써서 팔이 과도하게 움직이지 않게끔 한다. 평소에도 허리와 팔 운동을 하고, 경추 탈골 예방을 위해 고개를 너무 숙이지 않고, 각종 요가 동작으로 허리 통증을 줄인다. 하루에 일정 분량만 쓰고, 손 부상을 방지하고자 휴대폰 스크롤하는 시간도 최대한 줄인다. 밤마다 눈에 온찜질을 하고 팔이나 손목이 불편하다 싶으면 적절한 재활 방법을 찾아 교정한다.

이렇게 글쓰기를 위해 만반의 준비를 한다. 더 오래 쓰고 더 멀리 가기 위해 모든 것을 절제한다. 이런 절제와 조절과 준비는 내게 더 강한 지속력을 선사한다.

하루하루 책상 앞으로 돌아올 때마다 스스로를 일깨운다. 오늘은 새로운 날이라고, 날마다 새로운 내가 될 수 있다고. 과거에 해내지 못한 것도, 이루지 못한 것도, 성공 못 한 것도 앞으로 매일매일 해낼 기회가 있다고.

나에게 시간을 주고, 인내와 선의를 베풀자. 글쓰기는 몹시 어렵지만 무척 아름다운 일이다. 천천히, 서두르지 말고, 하루하루 쌓아가자. 날마다 연습하고, 날마다 쉼 없이 다가가고, 날마다 준비하자.

내가 선택하고, 사랑하고, 내 모든 걸 기꺼이 바치고 싶은 그 일을 위해 천천히 계속해서 걸어가자. 마침내 내 목소리를 찾을 때까지, 나를 믿고 나 자신과 늘 함께 걸어가고 싶은 사람이 될 때까지.

　내가 좋아하는 일에 의지해 살아갈 수 있고 일 생각을 하면 늘 신이 나고 열정이 차오른다면, 나로서는 내가 진정 원하는 것을 얻은 셈이다.

　그런데 독자들과 소통하는 것도 즐겁다. 내가 심혈을 기울여 창조한 소설의 세계가 누구에게나 열릴 수 있기를 바란다. 누구든 내 소설을 기쁜 마음으로 사서 읽어주면 나는 더없이 감동하고 만다.

　글쓰기를 진심으로 사랑하고, 글쓰기에 온 힘을 쏟아부으며 전념하고 몰입한다면, 가장 사랑하는 사람처럼 글쓰기를 대한다면 우리가 보내는 하루하루는 헛되지 않을 것이다. 우리는 이미 이 세상에서 극소수에게만 주어지는 상을 받은 셈이며, 다른 것들도 조금씩 더해질지 모른다. 서두르지 말고, 당황하지 말고, 나 자신에게 시간을 주면서 천천히 성장하자.

　내가 모든 고난을 이겨내고 여기까지 오게 해준 비결이 있다. 바로 '다른 사람과 비교하지 않기'다. 남들과 비교하지 말자. 우리 모두에겐 저마다의 상황이 있다. 나는 나 자신의 인생만을 살아갈 수 있다.

　남과 비교하지 않고 내 하루하루를 잘 살아가려 애쓰며 내 작품에 집중하자. 상을 받았든 못 받았든, 베스트셀러가

됐든 안 됐든 상관없이 스스로에게 떳떳한 작품을 쓰자. 그리고 작품 속에서 끊임없이 성장을 추구하자. 우리 삶을 무기력하지 않게, 허무하지 않게 만들자. 글 쓰는 마음은 생명의 꽃술과 같다. 그 마음에 불이 붙으면, 한 번에 다 불사르지 말고 천천히 계속해서 불타오르게 하자. 이 생명의 꽃술은 오직 우리 자신만이 불을 붙일 수 있고, 지킬 수 있으며, 계속 타오르게 할 수 있다.

의기양양한 시기든 의기소침한 시기든, 시간이 지나고 보면 모두 인생의 한순간이다. 때로는 영원히 잊지 못할 한순간의 빛이며, 때로는 지독한 고통을 주는 한순간의 어둠이다. 빛과 어둠 가운데 무엇이 인생에 더 좋다고 누가 말할 수 있을까? 어둠은 빛을 더 환하게 만들어주고, 빛은 어둠의 깊이를 보여준다.

가장 아름다운 것은 역시 책상 앞으로 돌아가 끈질기게, 충실하게, 간절하게, 성실하게 자신의 원고를 마주하는 일이다. 또 다른 새로운 날을 마주하고, 새로운 장을, 새로운 책을 마주하는 일이다. 오늘은 그저 오늘의 최선을 다하며 나 자신을 기만하지 않으면 된다.

글쓰기를 계속하고 있지만 아직 박수갈채나 상이나 보조금을 받지 못한 모든 친구를 격려하고 싶다. 이 일이 우리가 진심으로 원하고 진심으로 추구하는 것이라면, 우리 자신에게 더 잘해주자. 일시적인 성공과 실패에 좌우되지 말자. 고통도 낙담도 자연스러운 것이니 받아들이고 위로해주자. 남은 삶에 비하면 그건 아주 짧은 순간에 지나지 않는다. 울고, 화내고, 한숨 쉬고, 그러고는 정신을 차리고 하루하루를 잘 살아가자.

더 장기적인 뜻을 추구하고, 더 넓고 먼 길을 가고, 더더욱 따를 가치가 있는 내면의 소리를 좇자.

모든 노력은 헛되지 않다.

마음속에 품은 꿈을 좇는 모든 사람에게 축복을.

3부

프리랜서
업무 지침서

작업량은
어떻게 계획할까?

        타이완에서 이른바 전업작가들은 수입의 대부분을 자신의 창작물이 아니라 글과 관련된 다른 일, 각종 창작 보조금•에 의존한다. 그러다보니 젊은 창작자들은 경제적으로 불안정한 나머지 이것저것 일감을 받고 보조금도 최대한 신청하려고 애쓴다. 이렇게 마구잡이로 일하다보면 바쁠 때는 숨도 못 쉴 지경이지만 한가해지면 또 불안감에 휩싸인다. 보조금을 받으면 날아갈 듯 기쁘다가도 최종 심사가 닥치면 괴로워져 어렵사리 원고를 완성하고는 곧바로 또다시 신청서 준비에 돌입해야 한다. 손에 있는 작품을 제대로 다듬을

• 타이완의 창작 보조금 가운데 가장 규모가 큰 것은 국가문화예술기금회(국예회) 보조금으로, 신청할 때 5000자에서 1만5000자 분량의 샘플 원고를 제출해야 한다. 신청이 통과되면 보조금 일부를 먼저 지급받고, 나중에 완성된 작품으로 성과 보고서를 제출해 최종 심사에서 통과해야 나머지 금액을 받는다.

시간이 도무지 나지 않아 출판할 만큼 만족스러운 글을 몇 년씩 못 쓸 수도 있다. 직장인도 아닌데 출근하는 것보다 더 피곤하고, 기댈 곳도 없고, 미래도 불투명하니 마음은 언제나 어수선하다.

2002년 타이베이에 왔을 때 내 수중에는 몇만 위안뿐이었다. 집세와 보증금을 내고 나니 돈이 떨어졌다. 그때 나도 보조금 신청과 의뢰받은 일감에 의지했으며 이런 생활이 오랫동안 이어졌다. 하지만 의뢰받은 일은 내 창작에 영향을 미치지 않았고, 20년이 지나자 나는 20권에 가까운 작품을 써냈다. 다른 일과 창작 사이에서 항상 내 소설 쓰기를 앞세웠기 때문이다.

나는 1년에 얼마를 벌어야 하는지 일찌감치 파악했다. 부모님에게 보낼 10만 위안과 내 생활비 24만 위안, 즉 30만 위안 이상을 벌어야 했다. 하지만 필요한 만큼 돈을 벌면 더 이상은 욕심내지 않았다. 내가 타이베이에 온 것은 소설을 쓰기 위해서지 달리 돈을 벌기 위해서가 아님을 잘 아니까. 다른 여러 일을 하는 것은 생계를 꾸리기 위한 방도일 뿐이다. 원인과 결과가 바뀌어선 안 된다.

우선 마음가짐을 굳게 한다. 어떤 일을 맡든 제시간에 끝내는 것이 선결 조건이므로 일정표가 대단히 중요하다. 매달 얼마나 일을 할 수 있는지 스스로 파악해야 한다. 나는 일주일에 4~5일은 내 소설을 써야 하기에 강연, 심사, 인터뷰 기사 등에 쓸 수 있는 시간은 2~3일이다. 어떤 일은 집에서도 다 해낼 수 있는데, 아무튼 소설부터 쓰고 나서 한다. 잘 따져보니 한 달에 강의와 심사는 네 개까지 할 수 있다. 인터뷰 일은 자료부터 읽고, 나가서 인터뷰하고, 그다음 원고를 써야 하니 시간이 가장 많이 걸린다. 일을 맡기 전에 보수를 협의한다. 인터뷰에 드는 시간을 알아야 원고 한 편을 쓰기까지 대략 얼마나 걸릴지, 사례금은 얼마가 합리적인지 알 수 있다. 불합리한 일은 되도록 하지 않는다.

그러고는 작업량을 계산한다. 큰달에는 일을 많이 한다. 보수가 높아서 한 건이 여러 건의 가치를 지니는 일은 좀더 힘을 쏟을 만하니 일하는 시간을 늘려서 완수해낸다. 하지만 할 만큼 했으면 알아서 손을 떼야지, 끝없이 일을 늘려선 안 된다. 프리랜서 생활이란 어떻게 해도 불안할 수밖에 없다. 1년에 생활비와 저축이 얼마나 필요한지 정확히 알고, 그만큼 벌었으면 나머지 시간은 내 작품에 투자해야 한다. 내 작품이야말로 진정한 미래의 자산이 되어주기 때문이다.

책을 내든 안 내든 나는 나에게 해마다 몇 달씩 휴식기를 준다. 실제로 쉬는 건 아니고, 그 시간을 이용해 자료 수집과 현장 조사를 하고 평소보다 열심히 돈을 번다. 장편의 초고를 다 쓰고 머리를 식히는 시기일 수도 있고, 원고를 완성하고 출판을 기다리는 시기일 수도 있다. 나는 늘 계획적으로 글을 쓰기 때문에 다음 1년 동안 다른 일을 얼마나 할지 잘 판단해서 시간을 배분해놓는다. 들어오는 대로 다 하는 게 아니다. 매년 몇 월부터 몇 월까지는 일을 좀더 받아도 되는지, 언제가 되면 일을 그만 받고 소설을 써야 하는지 다 계획이 서 있다. 소설 쓸 시간이 되면, 장기 프로젝트나 특별히 중요한 활동이 아닌 이상 다른 일은 일절 받지 않는다.

이렇게 합리적으로 결정을 내려야 할 뿐 아니라, 자신의 성격도 제대로 알고 있어야 한다.

마지막 순간까지 가서야 원고를 쓸 수 있는 사람도 있다. 이런 사람은 너무 많은 일을 쌓아둬선 안 된다. 자칫 마감이 겹치기라도 하면 실마리를 하나하나 잘 풀어가면서 차근차근 완수해야 한다. 그러지 않았다간 생활도 대혼란에 빠지고 작업 품질도 떨어져 평판이 나빠질 수 있다.

생활 리듬을 잘 조절하는 것도 프리랜서에게 꼭 필요한 습관이다. 자유를 전제로 스스로 균형 잡힌 생활을 해야만 자유의 혜택을 누릴 수 있다. 나는 업무 시간과 수면 시간 모두 명확한 규칙을 세워두었다. 아무리 바빠도 밤을 새우지 않고, 매일 8시간 충분히 자는 것이 내 작업 능률을 높여온 비결이다. 소설을 쓰기 위해서든 의뢰받은 일을 하기 위해서든, 일정한 수면과 휴식 시간을 확보하면 아무리 고되어도 몸과 마음이 무너질 일은 없다.

　작업량과 시간을 잘 배분해서 수면과 휴식 시간을 만들어 내야 작업의 품질을 통제할 수 있다. 소설을 쓰기 위해 다른 글쓰기 일을 받는 것이지, 다른 일을 하기 위해 생업을 그만 둔 것이 아니라는 사실을 잊지 말자. 이 선후 관계를 잘 새겨 두어야 의뢰받은 일, 보조금 원고, 나 자신의 글쓰기 사이에서 균형을 잡을 수 있다.

　마지막으로 보조금 이야기다. 보조금을 받기 위한 글을 쓰려 하기보다는, 내가 좋아하고 관심 있는 주제를 찾아서 책을 한 권 쓰겠다는 마음으로 보조금을 신청하자. 그러면 첫째, 보조금을 받기가 좀더 수월해지고, 둘째, 정말로 보조금을 받으면 단순히 돈만 생기는 것이 아니라 생활비에 책 한 권이 더해지는 셈이다. 보조금도 계획한 예산에 포함되어야 하고, 보조금을 받으면 다른 일은 줄여야 한다. 보조금 원고 쓰는 시간을 계산해서 제때 마쳐야 할 뿐 아니라 퇴고 시간도 필요하기 때문이다. 그렇게 1~2년 뒤에 작품을 완성했다, 그러면 우리의 글쓰기는 보조금으로부터 진정한 도움을 받은 셈이다.

　고정 수입이 없으면 다음 일이 안 들어올까봐 조마조마할 수밖에 없다. 하지만 내 경험이 말해준다. 일이 없을까봐 걱정할 필요는 없다. 사람들이 나를 찾는 건 나의 말재간이 좋아서도, 인간성이 좋아서도 아니다. 내 작품, 내 명성 그리고 내 신용 때문이다. 심사나 강연 요청이든, 청탁 원고든, 보조금 원고든, 자신의 글쓰기든 나 자신에게 부끄럽지 않게 모든 일에 최선을 다하되, 끝없이 완벽을 추구하지는 말자. 스스로에게 기한을 주는 동시에 융통성도 발휘해야만 오래갈 수 있는 법이다.

불합리한 일이나 하기 싫은 일을 거절하는 것은, 답장만 제대로 하면 원망 살 일이 없다. 세상에 나 아니면 안 되는 일은 없으니 말이다. 우리는 창작자이고, 다른 일을 받는 것은 생계를 위해서일 뿐 그게 본업은 아니다. 생각을 바꾸면 선택권이 생긴다. 판단을 잘 해야 한다. 일을 제안받으면 우리에겐 당연히 승낙과 거절 가운데 선택할 권리가 있다. 일감이 이미 충분하다면 적절히 거절해야 한다. 좋은 작품을 쓸수록 문학에서 진정한 성취를 이룰 수 있고, 그러면 자연스레 일이 들어오고 합당한 보수를 받게 된다.

자신을 과소평가하거나 지나치게 초조해하지 말자. 이 길은 원래가 큰돈을 벌지 못하는 길이다. 발을 내딛는 순간 이미 고생할 각오가 되어 있었을 거다. 하지만 이 고생은 우리가 자발적으로 하는 것이다. 물론 우리도 선택할 수 있다. 모든 일은 나 자신을 인식하고 이해하며 성장시킬 수 있는 기회다. 이런 신념을 가지고 신중하게 판단해 일을 받고, 내 생활을 전반적으로 가다듬어 해를 거듭할수록 작품이 나아져야 한다. 그렇게 생계도 꾸릴 수 있게 됐고 글 쓰는 시간도 확보했다면 생업을 그만두는 건 의미가 있다.

적절하게 거절하고 신중하게 선택해 일을 맡았으면 제대로 완수하자. 마지막으로 왜 생업을 그만두고 프리랜서를 선택했는지 잊지 말자. 우리는 언제나 창작으로 돌아가야 한다는 사실을 기억하자. 창작이야말로 우리의 저력이자 원대한 포부이니까.

프리랜서의 주의 사항 1:
대필, 인터뷰, 테마 기사, 강연, 간담회

2002년에 타이베이로 가서 글을 쓰기로 결정하고는 전에 같이 일해본 언론사와 출판사 몇 군데에 편지를 보냈다. 이제 타이베이에서 지내려 하니 적당한 일이 있으면 연락 달라는 내용이었다.

타이베이에 도착하자마자 첫 번째 일감이 들어왔는데 매우 인상 깊은 작업이었다. 어느 화가의 인터뷰 원고로 고료는 글자당 2위안에 6000자 분량이었지만, 그래도 나는 그 일이 썩 마음에 들었다. 자료를 읽는 것이 즐거웠고, 상대방과 말도 잘 통해서 인터뷰하면서 견문이 넓어지는 느낌이었다. 이렇게 타이베이 생활의 첫발을 떼며 상상이 펼쳐졌다.

이사를 마치자 곧바로 국가문화예술기금회 보조금 신청서를 쓰기 시작했다. 마침 수중에 새 작품이 하나 있어서 그걸

샘플 원고로 제출하면 되었기에 단편을 쓰겠다고 했다. 그 전에도 보조금을 신청한 작품이 있었는데, 기한을 좀 연장하긴 했지만 최종 심사 후에 얼른 책으로 출간했다. 그게 바로 내 첫 장편소설 『악마의 딸』이다.

나중에 보조금 신청이 통과되었다. 기대했던 금액의 절반밖에 못 받았지만 생계에 조금이나마 보탬이 되었다. 이렇게 타이베이에서 쓸 생활비 몇만 위안이 바로 생겼다. 그러고 나서는 강연도 좀 하고 문예 캠프 수업 등을 하면서 몇천 위안이 들어왔다. 그때는 보조금을 신청한 단편소설을 집필하는 데 대부분의 시간을 썼으며, 제때 잘 마무리했다. 그러자 최종 심사 보조금이 들어오고, 책을 내니까 인세도 들어와서 첫해를 그럭저럭 버텨냈다.

그해 하반기에는 난생처음 자서전 대필 작업을 맡았고, 계약금으로 5만 위안을 받았다. 연예인의 자서전이었다. 솔직히 자서전을 써본 적도, 대필을 해본 적도 없지만 그만한 돈이면 해볼 만하다고 생각했다. 그런데 인터뷰를 다섯 번쯤 하고 나니 상대방이 그만두겠다고 했다. 당연히 계약금을 돌려줄 필요도 없었다. 아무튼 이 경험으로 나는 대필 작가도 할 수 있다는 사실을 알게 됐다.

2003년, 또 자서전 대필 의뢰를 받았다. 모두 지난번에 출판사와 언론사에 보낸 편지 덕분에 들어온 일 같았다. 그때 나는 이렇게 말했다. "무슨 일이든 해보겠습니다."

두 번째 의뢰인은 어마어마한 집안 출신으로 통이 아주 컸다. 단번에 계약금 10만 위안이 들어오자 몹시 기뻤다. 그런데 자서전 쓰는 일은 생각보다 훨씬 더 어려웠다. 인터뷰가 정말 끝도 없이 이어졌는데 다행히 의뢰인에게 이야깃거리가 많고 사람도 아주 괜찮았다. 자서전 작업을 하는 동안 우리는 가까운 친구로 지냈고, 덕분에 나도 부자들의 생활상을 알게 되어 나중에 글 쓰는 데 많은 도움을 받았다. 반년 뒤에 8만 자의 초고를 썼는데 의뢰인이 자서전을 내지 않기로 결정했다. 내가 원고를 건네자 의뢰인이 말했다. 이렇게 쓴 걸로도 충분한 것 같다고, 다른 사람에게 보여줄 필요는 없다고, 이 책은 자신에게 어떤 치유제가 되어주었다고. 이 일은 내게도 어느 정도 진정 작용을 해주었다. 굶어 죽진 않을 거라는 믿음이 점점 커졌다. 나는 내 글쓰기 능력을 여러 분야에 활용할 수 있다, 마음만 먹으면 뭐든 해낼 수 있다.

프리랜서 생활이 이렇게 순조롭게 풀려나갈 줄은 몰랐다. 자서전을 마치기도 전에 신생 신문사에서 여행 원고 의뢰가 들어왔다. 일반적인 여행 기사도 아니었다. 14일간 여행을 하면서 날마다 2000~2500자의 원고를 쓰고 사진 열 장을 더하면 되었다. 여행할 나라는 내가 마음대로 고르는데 닷새 안에 즉시 출발해야 했다. 지금 생각해보니 원고료는 자당 3위 안쯤밖에 안 되었지만, 급전이 필요한 데다 공짜로 해외여행을 한다니 신기한 마음에 그 자리에서 계약서에 서명했다. 그때 나는 디지털 카메라를 본 적도 없었다. 신문사에 가서 하루 만에 인터넷 접속 방법, 디지털 카메라 작동법, 대용량 사진 파일 전송법 등을 배웠다. 신문은 매일매일 보는 것이니 꾸물거릴 틈이 없었다. 전산팀 엔지니어에게 한참을 배우고는 카메라와 노트북을 들고 집에 왔다.

외국에 나와서야 내가 묵는 호텔은 인터넷이 너무 느려서 사진을 전송할 수 없다는 사실을 알게 되었다. 날마다 PC방에 가는 수밖에 없었다.

하루에 2000자쯤 쓰는 거야 어렵지 않아 보였는데 실제로 해보니 꽤 힘든 작업이었다. 낮에는 취재를 해야 했기 때문이다. 호텔로 돌아오면 바로 원고를 썼고, 다 쓰고 나서야 잠자리에 들었다. 다음 날 아침이면 사진과 파일 전송부터 해야 했는데 인터넷이 발달하지 않았던 때라 한두 시간쯤 걸렸다. 그러다보니 재미있게도 PC방 아르바이트생과 친해졌고, 그녀는 나를 고향 마을에 데려가 화장 의식까지 구경시켜주었다.

취재를 마치고 타이완으로 돌아오니, 편집장은 내 글이 모든 필자의 글 가운데 가장 완성도가 높아 편집이나 수정이 전혀 필요 없었다고 했다. 또 내가 찍은 사진은 썩 좋진 않았지만 오히려 일반인이 찍은 느낌이 드는 사실적인 사진이었다고. 사장이 당장 다른 나라에 또 가달라고 하기에 나는 대뜸 보너스를 줄 수 있느냐고 물었다. 이것저것 계산하자니 골치가 아팠기 때문이다. 그러자 신문사 측에서도 시원시원하게 3만 위안을 보너스로 지급해주었다.

그리하여 두 나라를 더 다녀왔다. 여행 경비는 전액 신문사에서 부담했지만 나는 사진 찍을 때 필요한 도구 말고는 쇼핑이란 걸 아예 안 했다. 이렇게 한 달 남짓 지나자 돈이 좀더 모였다.

나중에 편집장에게 어떻게 내가 두 건을 더 맡게 됐냐고 물었더니, 원고를 제때 보내고 글을 잘 쓴 데다가 돈을 낭비하지 않았기 때문이라고 했다. 회계 직원이 내 영수증을 매우 흥미롭게 보았다고, 천쉐는 매우 알뜰하며 어디 딱히 쓴 돈이 없었다고 했다는 것이다. 나는 신문사에서 준 여비를 많이 남겨왔다. 편집장은 회사에서 그 금액을 따지는 게 아니라, 내가 회사 돈으로 놀러 나갔다고 생각하지 않고 매우 성실하게 취재를 해주었다고, 그런 마음가짐을 대단히 높이 샀다고 말해주었다.

그렇게 나는 신용과 명예를 얻었다. 신문의 여행란은 계속 개편되었지만 나는 잇따라 몇 번 더 취재 의뢰를 받았고, 고료도 매우 합리적이었다.

여행 기사로 벌어들인 돈 덕분에 한동안 생활이 안정되자 나는 장편소설 『다리 위 아이』를 쓰는 데 전념했고, 8개월여 만에 완성해서 2004년에 출판했다.

2002년부터 2003년까지 이런 식으로 지냈다. 나는 멀쩡히 살아 있었고, 저축도 조금씩 할 수 있었다.

『다리 위 아이』가 많이 팔리진 않았지만, 이 책 덕분에 문학상 심사를 맡게 되었다. 그때 나는 문단에 아는 사람이 거의 없었다. 다만 '천쉐는 악착같이 글쓰기에 매진하고 있으며, 또 매우 진지하고 성실하게 쓴다'는 인상이 퍼져 있었던 모양이다. 그해에 몇몇 대학과 신문사의 문학상 심사 요청을 받았다. 젊을 때라 시세를 잘 몰랐지만 아무튼 일이 들어오면 하겠다고 했고, 맡은 일은 모두 신속하게 잘해냈으며, 몇 군데와는 지금까지도 함께 일하고 있다.

그때 나는 이미 『오래된 봄』을 쓰고 있었다. 『오래된 봄』을 출간한 뒤로는 생계를 꾸리기에 충분할 만큼 매년 안정적으로 일이 들어왔다. 작가에게 작품은 대단히 중요하다. 그것이 바로 우리의 명함이다.

처음 몇 년은 시세보다 낮지 않은 일이라면 모두 접수해 각종 강연과 크고 작은 심사를 하고, 희한한 원고도 쓰고 특수한 프로젝트도 진행했다. 가끔 남부 지방으로 출장을 가면 일을 한데 합치기도 했다. 주최 측과 조율해 이쪽에서는 교통비를 내고 저쪽에서는 숙박비를 내게 분담시키면 더 좋은 교통수단을 이용할 수 있으니 냉큼 비행기를 탔다. 비행기표는 매우 비싸지만 두세 업체에서 공동으로 부담하면 충분히 가능했다. 물론 때로는 여객선이나 기차를 타고 먼 길을 가야 했다. 고속철도가 아직 없을 때였다. 하지만 나는 오랫동안 물건 배송을 했기에 장거리를 다니는 데 익숙했고, 영화를 보거나 책을 보거나 음악을 들으면서 가면 되니까 그리 고생스럽게 느껴지지 않았다.

일이 있으면 열심히 하고, 나머지 시간에는 소설 쓰기에 전념했다.

나는 많은 일을 했지만, 일감을 따내기 위해 인맥 관리 같은 것은 하지 않았다. 그럴 생각은 해본 적도 없고 생각할 경황도 없었다. 그때 나는 시간이 있으면 모조리 소설과 다른 작업에 써야지 접대에 쓸 시간은 전혀 없었다. 하지만 정말이지, 접대도 안 하고 든든한 연줄도 없는데 계속 일이 들어왔다. 남들이 인맥 덕분에 나보다 더 좋은 일감을 받아도 신경 쓰지 않았다. 나는 그저 내가 하고 싶은 일을 하고, 내가 원하는 방식대로 살아갔다. 나는 인맥보다 일의 능률과 완성도 그리고 내 전문성이 더 중요하다고 생각해서 그냥 그렇게 했다.

그게 내 스타일이다. 그래서 어떤 일을 하든 후회는 거의 하지 않았고, 의뢰인과 마찰을 겪지도 않았다. 심지어 어떤 의뢰인은 아예 만나지도 않고 이메일과 전화로만 소통하며 몇 년간 함께 일했다. 그때 나는 이렇게 생각했다. 나에게 일을 맡기면 안심해도 된다는 걸 모든 의뢰인이 알게 하자. 나는 이 부분에서 내가 아주 잘해냈다고 믿는다.

지금도 똑같이 생각한다. 일을 잘하는 것이 가장 중요하지, 관계를 맺고 인맥을 쌓는 데 시간을 들일 필요는 없다. 우리에겐 그럴 시간과 여력이 없다. 지름길을 택하지 말자. 지름길로 갈 필요도 없다. 우리의 전문성이 우리에게 가져다주는 것이 바로 우리만의 길이다.

나는 마감을 꼭 지키며 원고 완성도가 높다. 그러니 편집자가 원고 재촉에 신경 쓸 필요도, 원고를 수정할 필요도 없다. 칼럼도 마찬가지로 여러 해 동안 마감을 어긴 적이 없다. 한번은 원고를 너무 일찍 써놓는 바람에 보내는 걸 깜빡했는데, 편집자의 메일을 받자마자 곧바로 보냈다. 이렇게 일을 너무 잘하니까 이따금 누군가 펑크를 내면 구원투수로 등판하기도 했다.

평판이란 것은 이런 식으로 세워진다. 그때 나는 아직 초보자라서 감당 못 할 만큼 일이 쏟아져 들어오진 않았지만,

수락하기 전에 반드시 얼마나 시간이 걸릴지 미리 파악해 한도가 초과할 만큼은 받지 않았다.

나는 의뢰인과 기분 좋게 일하지만 줏대 없는 호구는 아니다. 불합리한 일은 받지 않는다. 나에게 중요한 것은 그저 일 자체다. 게다가 평소에 의뢰인과 개인적인 교제가 거의 없기 때문에 사이가 틀어질 일도 없다. 일이 들어오면 바로 응하지 않고, 일단 일정을 살펴보고 답을 주겠다고 메일로든 전화로든 반드시 말한다.

답장할 때는 먼저 작업 내용, 보수, 소요 시간, 교통비 등을 정확히 물어본다. 다음의 예를 참고하고, 내 답장은 비교적 간단하니 여러분이 유연하게 보충해서 쓰면 된다.

대필, 인터뷰, 테마 기사 의뢰에 대한 답장

안녕하세요. 연락 주셔서 감사합니다.

전체 작업에 걸리는 대략적인 시간, 보수 산정 방식, 원고 분량과 원고 제출 방식을 알고 싶습니다. 또 여비가 따로 있는지, 출장 시 숙박비를 지급하는지, 회의 시 교통비를 지원하는지, 교통비는 실비 지급인지 궁금합니다.

대필 작업은 꽤나 복잡한 편이다. 자서전 한 권을 완성하려면 최소 반년이 걸리고, 실제로 인터뷰에 시간이 얼마나 들지 사전에 예측하기도 어렵다. 대규모 프로젝트도 마찬가지다. 내 조언은, 계약서를 쓰고 계약금을 받으라는 것이다. 그래야 준비를 많이 했는데 상대방이 계획을 취소하는 일이 생겨도 손해가 없다. 계약금은 상대에 따라 다른데, 내 조건은 최소한 총 보수의 4분의 1을 받는 것이다.

이런 집필 작업은 대단히 힘들지만, 좋은 일감이 들어오면 10만~20만 위안의 수입이 생기니까 한동안은 마음이 편하다. 그러니 보수를 잘 협상하고, 어떤 식으로 진행할지 의사소통에 각별히 신경 써야 한다.

프로젝트 규모에 따라 취재에 필요한 사전 작업, 실제 작업 기간 등이 달라지니 그에 맞춰 보수를 산정해야 한다. 특히 2000자처럼 짧거나 10만 자처럼 긴 원고를 맡을 때는 주의할 점이 있다. 1500~2000자의 짧은 원고가 자당 2위안이면 힘만 들고 수지가 맞지 않으니 자당 3위안 이상은 받는 것이 좋다. 10만 자가 넘는 작업은 원고를 썼는데 퇴짜를 맞거나, 고생스레 쓴 원고를 상대방이 마음에 안 들어해서 계속 수정해야 하는 상황이 생길 수 있다. 수정은 3~5회로 제한하고, 1차 원고를 제출할 때 일정 금액을 받는 것으로 협의하기를 권한다.

내가 맨 처음 받은 일은 여행 기사였고, 나중에는 모텔이나 식당을 소개하는 글도 써봤다. 이처럼 글쓰기라는 일도 천태만상인데, 대부분 먼저 계약서를 쓴다. 해외여행 원고를 쓸 때는 시작하면서 바로 보수를 받았는데 이는 특수한 경우이고, 모델 기사를 쓴다면 일단은 내 돈으로 여비를 내야 한다. 3박 4일 동안 숙박비를 포함해 적지 않은 비용이 드니 모든 영수증을 빠짐없이 챙기도록 하자. 식사, 택시, 고속철도 등등에 쓴 돈까지 꼼꼼히 챙겨야 비용을 청구할 때 손해 보는 일이 없다.

만약 상대방이 계약서를 쓰고 싶어하지 않는다면 간단한 각서를 쓰고, 내용은 나 스스로 정하자. 보수 말고도 가장 중요한 것은 언제 돈을 받느냐다. 대필 작업은 책이 나오고 나서야 보수가 지급되는 일도 있으니 계약금을 반드시 받아야한다. 가장 좋은 방법은 단계별 지불이다. 그러면 마지막에 출판에 문제가 생겨도 큰 타격이 없다.

강연 섭외에 대한 답장

안녕하세요. 연락 주셔서 감사합니다.

강연 시간, 장소, 주제, 강연료, 교통비 등 세부 사항을 알려주시길 바랍니다. 기차역에서 택시를 타고 가는 비용도 지급되나요? 안 된다면 사람을 보내서 픽업해주실 수 있는지요?

회신 부탁드립니다. 감사합니다.

내 답장은 대략 이 정도로 간단한 편이다. 교통비를 확실히 물어보는 게 정말 중요하다. 4000~5000위안짜리 강연에서 교통비가 있고 없고는 차이가 매우 크다. 특히나 고속철도는 기차표도 매우 비싸고 기차역이 시내에서 멀리 떨어져 있는 경우가 많아 택시비로 수백 위안이 나갈 수도 있다. 어느 기관에서 섭외를 받든, 경비가 얼마로 정해져 있든 대부분은 교통비를 청구할 수 있다. 만약 교통비가 지급되지 않는다면 거절해도 크게 아깝지 않은 일이다.

또한 두 가지 일을 맡았는데 장소가 서로 가까이 있다면, 그중 한 곳에 영수증을 제출하지 않아도 교통비를 줄 수 있는지 문의해보자. 교통비 2000위안을 직접 지급해준다면 사례금이 2000위안 더 많은 것과 같은 셈이다. 민간 업체라면 상당수가 이렇게 해줄 것이다. 먼 길을 오가는 일이 얼마나 피곤한지 잘 알 테고, 2000위안의 교통비는 이에 대한 보상으로 볼 수 있으니 말이다. 물론 업체마다 다르기 때문에 안 될 수도 있지만, 물어는 보자. 물어보는 거야 별일 아니니까.

다음 편에서는 문학상 심사와 그 외 작업에 관해 이야기하겠다. 여러분 모두에게 좋은 일이 들어오기를, 또 좋은 파트너가 되어 즐거운 프리랜서 생활을 해나가기를 기원한다.

프리랜서의 주의 사항 2:
문학상 심사와 그 외 작업

　　오랫동안 글쓰기를 업으로 삼다보니 갖가지 크고 작은 문학상 심사를 하게 됐다. 주요 신문사와 대학을 비롯해 몇몇 특수 기관 또는 민간 단체의 문학상 등이다. 대형 신문사나 정부 기관에서 주최하는 문학상은 규모가 크고 응모 건수가 많은 편이며, 보수도 당연히 높은 편이다. 심사는 1차-2차-최종 심사 단계를 거치는데, 대학 문학상은 대개 교내에서 1차 심사를 하고 작가는 2차 또는 최종 심사를 맡는다. 응모 건수마다 사례금을 지불하는 기관도 있는데, 좀 특이한 경우가 한 번 있었다. 애초에 듣기로는 건당 얼마라고 하기에 수락했는데, 나중에 알고 보니 이걸 심사위원 세 명이 나눠 받는 것이었다. 주최 측에서도 일의 성격을 제대로 파악하지 못했기 때문에 이런 문제가 생겼다. 그러니 사례금을 물을 때는 한 사람의 심사비인지도 분명히 확인하도록 하자.

　대부분 문학상은 심사 회의에 참석해야 하므로 심사비 외에 회의비·교통비 같은 다른 활동비를 지급하는지, 다른 지역까지 가야 하는지도 잘 알아봐야 한다. 회의가 너무 길어지는 경우도 있으니 이 문제 역시 미리 확인하자.

문학상 또는 그 외 심사 의뢰에 대한 답장

심사위원으로 초빙해주셔서 감사합니다.

심사 작품의 건수 및 심사 기간 그리고 서면 심사인지 현장 심사인지 알고 싶습니다. 1차, 2차 심사가 있다면 몇 번을 참석해야 하는지, 심사비와 교통비는 얼마인지, 고속철도역을 오가는 택시비도 포함되는지, 포함되지 않는다면 픽업해주실 수 있는지 궁금합니다. 또 심사평이 필요한지, 필요하다면 어느 정도 분량을 써야 하는지 알려주세요.

　응모작 건수는 심사비보다 더 중요하다. 보수가 같다면 20편과 30편, 100편과 200편의 차이는 매우 크기 때문이다. 이 문제를 먼저 계산해보지 않는 기관이 많은데, 내 입장에서는 분명히 물어봐야 한다. 그래야 수락할지 말지, 내가 감당할 만한 작업량인지 판단할 수 있으니 말이다. 처음엔 응모작이 100편이라고 들었는데 최종적으로는 200편이 들어왔고, 그런데도 심사비는 그대로인 경우도 있었다. 물론 응모 건수는 주최 측도 예측하기 힘들 수 있다. 그렇다면 조건을 하나 더 추가하자. 심사 작품 건수가 일정량을 초과하면 그에 따라 심사비를 올리자는 것이다. 상대방이 받아들이지 않는다면, 이 일을 수락할지 말지는 스스로 잘 판단하자.

주최 측과 여러 차례 이야기가 오간 적도 있다. 상대방은 그리 탐탁지 않아 했지만 나는 이성적으로 설명했다. 응모작이 두 배로 늘어나도 심사비가 똑같다면 심사위원에게 불합리한 상황이 된다, 그러면 원고 읽는 시간을 단축할 수밖에 없어 나로서는 심사를 충실히 못 할 것 같다고. 결국 다른 심사위원을 찾는 것으로 합의되어 원고들을 돌려보냈다. 이 문제로 서로 감정이 상하지도 않았고, 나중에 그곳에서는 나에게 다른 일을 의뢰했다.

서로 기분 좋게 일하려면 이렇게 심사 건수와 사례금, 소요 시간을 정확히 알아봐야 한다. 내가 오랫동안 겪어본 바로는, 사전에 분명히 확인할수록 사후에 모두에게 오해가 없었다.

프리랜서로 하루하루 살아가기란 쉽지 않지만 여러분 모두 잘해내길 바란다. 작업 내용을 정확히 물어보자. 그러면 맡은 일도 순조로이 완수할 수 있고, 양측 모두 감정 상하는 일 없이 만족스러운 결과가 나올 것이다.

이런 질문도 나올 수 있다. 조건을 알아봤더니 마뜩잖으면 어떻게 거절해야 할까?

내가 쓰는 방식은 두 가지다. 첫 번째는 완곡하게 거절하는 것이다. "연락 주셔서 감사합니다. 그런데 안타깝게도 일정상 힘들겠네요. 이번에는 참여하지 못하지만 다음에는 꼭 함께할 기회가 주어지기를 바랍니다." 두 번째는 내 뜻을 직접적으로 전하는 것이다. "연락 주셔서 감사합니다. 무척 흥미로운 일인데요, 보수를 더 높일 수 있는지 알고 싶습니다. 불가능하다면 이번에는 참여할 수 없고요. 다음번에 함께할 기회가 있기를 바랍니다. 감사합니다."

상대방이 내 회신을 보고 어떻게 느꼈는지는 나도 모른다. 순순히 받아들였을 수도 있고 기분이 상했을 수도 있다. 하지만 거절에 대해서는 쌍방 모두 준비되어 있어야 한다. 내 방식은 되도록이면 사실대로 말하는 것이고, 솔직히 말할 수 없다 해도 적어도 속마음과 다른 얘기는 하지 않는다. 그렇다고 너무 강경하게 딱 잘라 거절하진 않는다. 이번 일은 못 해도 나중에 다시 만날 수 있으니까.

억지로 했다가 나중에 후회하거나 불평하게 되면 내 마음만 더 불편해질 뿐이다. 그러니 처음부터 내 뜻을 분명히 밝히고 조건을 잘 협상하는 편이 낫다고 본다. 그렇게 제대로 얘기한 다음에 하고 싶은 마음이 들면, 일을 맡아서 잘해내면 된다.

　2012년부터 들어오는 일이 확 늘어났다. 그래서 그때부터는 양보다는 보수를 우선시하기로 하고, 나 스스로 새로운 기준으로 강연료와 심사비의 기본 금액을 올렸다. 이렇게 하면 좋은 점은, 상대적으로 보수가 낮은 일은 걸러내고 글쓰기에 더 많은 시간을 쓸 수 있다는 것이다. 이건 속물적인 게 아니다. 원래 내 본업은 소설을 쓰는 것이고, 다른 일을 하는 이유는 돈을 벌기 위해서다. 그러니까 보수에 따라 일을 걸러내는 건 당연지사이지 누구한테 미안해할 일이 아니다.

　물론 나도 공익을 위한 무보수 강연 등을 하긴 한다. 다만 공익을 위한 일이라 해도 제대로 설명하지 않고 나중에 가서 경비가 부족해서 그러니 이해해달라고 하는 것은 프로답지 못한 처사라고 생각한다. 이런 요청을 할 때는 처음부터 이것은 공익 활동이며 보수가 없다는 사실을 분명히 밝혀주었으면 한다. 설명을 듣고 나서 수락할지 말지 스스로 결정하게 말이다.

　가장 꺼림칙한 일은 소위 '우정 할인', 즉 친하니까 값을 깎아달라는 것이다. 내 생각에 이건 상대방이 나와 정말 친한지 안 친한지, 그리고 내가 시간이 있는지 없는지에 달려 있다. 상대방이 돈이 없어서 그러는 거라면, 내 책들을 홍보해줄 수 있는지, 나아가 캠퍼스 안에서 상대 서점과 협력해 즉석에서 책을 팔게 도와줄 수 있는지, 더 나아가 학생들에게 책을 먼저 사거나 읽게 해줄 수 있는지 등등을 알아보자. 이것은 매우 중요하다. 강연료보다 사람들이 실제로 책을 사는 일이 더 중요할 수도 있다. 어쨌든 상대방이 친구인데 금전상 여유가 없다면, 그 사람의 마음을 봐야 한다. 어떤 곳에서는 보수를 후하게 못 준다 해도 학생을 많이 불러준다든지, 홍보에 신경을 많이 써준다든지, 강연자를 아주 훌륭하게 소개해준다든지 하는 성의를 보인다. 그러면 사람들이 내 작품을 미리 읽거나 알게 되고, 많은 독자가 찾아온다. 이런 경우라면 나는 보수가 낮더라도 기꺼이 참여한다. 어떤 작가들은 새 책을 내면 강연이나 북토크에 우정으로 참여하기도 한다. 시간이 있다면야 나도 보수에 크게 신경 쓰지 않고 기꺼이 하겠지만, 대개는 보수를 주는 출판사에서 작가들의 책 판매에도 각별히 신경 쓴다는 사실을 알게 됐다.

주최 측에서 이렇게 생각해주면 어떨까. 경비가 부족하면 정성을 기울여 열심히 행사를 준비해서 작가를 존중하는 마음을 전하고, 경비가 넉넉하면 작가가 넉넉한 보수를 받을 수 있게 최선을 다하는 것이다.

나는 독립서점에서 강연을 많이 했는데, 사례금은 많지 않아도 과정은 아름다웠다. 서점 주인은 책을 이해하는 사람이고, 찾아오는 손님도 책을 사랑하는 사람들이다. 그렇다면 청중이 20~30명뿐이더라도 다들 매우 진지하고 책을 살 확률도 상당히 높다. 나는 이런 상호작용이 가장 이상적이라고 본다.

내가 치사한 게 아니다. 나는 악착같이 일하는, 시간이 너무나 귀중한 사람이다. 내가 맡은 일이 내 글쓰기와 생활에 득이 되길 바라고, 즐겁게 일하면서 잘해내고 싶을 따름이다. 나는 내가 하는 모든 일에 후회와 불평을 하고 싶지 않다. 모두와 오래도록 협력하고 싶다. 어쨌든 이게 다 일을 잘하려는 내 노력이다. 천쒜 작가는 돈을 밝힌다고 생각하는 사람도 있을지 모르지만, 개의치 않는다. 그런 평판이 두렵지도 않다. 나는 충분히 프로페셔널하기 때문에 그럴 가치가 있다.

자신이 아직 유명하지도 않은데 보수를 물어보기가 불편하다고, 비웃음을 살 것 같다고 생각하는 사람도 많이 있는 듯하다.

이건 나로서는 이해하기 힘든 생각이다. 누구든 어떤 일인지, 보수는 얼마인지 먼저 물어볼 수 있다. 이건 유명세와는 상관없는 프로페셔널한 태도라고 생각한다. 내 전문성을 상대방이 존중해주길 바라고 나도 상대방의 전문성을 존중한다면, 처음부터 작업 내용과 소요 시간, 보수와 교통비를 정확히 하는 것이 좋다.

지금 학교나 기관에서 섭외를 담당하는 분들께 이 부분을 잘 생각해달라고 건의하고 싶다. 어떤 일을 의뢰할 때는 온갖 찬사를 늘어놓으며 작가님을 얼마나 중요하게 생각하는지, 작가님의 작품을 얼마나 좋아하는지 설명하기보다는, 전문적인 태도를 보여주면 좋겠다. 어떤 일인지 명확하게 밝히고 사례금의 세부 사항까지 함께 알려주어, 여러분이 좋아하는 작가 입에서 먼저 돈 얘기가 나오는 어색한 상황은 피하게 해주어야 하지 않을까? 정말로, 작가들은 자기 작품을 미뤄놓고 강연하고 심사를 하는 것이다. 돈 때문만이 아니라 문학을 향한 사랑 때문에 말이다. 그렇다면 여러분은 작가를 위해 더 좋은 조건을 얻어내서 이 일이 작가에게 아름다운 협업 경험으로 남게 해주어야 하지 않을까? 그게 작가를 지원하는 가장 좋은 방법 아닐까?

나는 더 많은 보수를 쟁취하고자 애쓴 경험이 많기 때문에 사례금이란 고정불변이 아니라는 걸 잘 안다. 때로는 융통성을 발휘할 수 있으며 심지어 특별 안건으로 처리할 수도 있다. 우리는 최고로 높은 사례금을 원하는 것이 아니다. 한 번의 강연을 준비하려면 적어도 두세 시간은 걸리고, 오가는 데에도 몇 시간을 써야 하며, 두 시간 동안 강연을 하고 나면 그날 하루는 소설 쓸 생각은 하지도 못한다. 그렇게 온종일을 보내고 4000~5000위안을 버는 것인데, 그게 그렇게 비싼 대가일까? 학교는 대부분 강연비가 딱 정해져 있긴 하다. 그렇다면 홍보를 열심히 해주고, 교통비와 택시비를 제공하고, 맛있는 도시락이라도 대접하고자 애써주시길 부탁드린다.

프리랜서 여러분께도 진심으로 조언하고 싶다. 일이 들어오면 성급하게 수락하지 말고 이틀쯤 생각해보고, 보수·작업 내용·소요 시간·교통비 등 세부 사항을 분명히 알아보자. 하기 싫은 일은 이런저런 핑계를 찾지 말고 다른 일정 때문에 못 한다고 하면 된다. 아니면 그때는 원고를 쓰느라 바쁜 시간이어서 하기 힘들다고 직접적으로 말하자. 나쁜 사람이 될까봐 하기 싫은 일을 억지로 할 필요는 없다. 이따금 정말 불합리한 조건이면 나는 이렇게 말한다. 사실 지금 제시하는 금액은 시세보다 좀 낮으니 사례금을 올려야 한다고, 그러지 않으면 사람을 찾기 힘들 거라고. 물론 나에겐 불합리한 조건이지만 다른 사람은 수락하는 경우도 있는데, 그것도 괜찮다고 생각한다. 나보다 더 너그러운 사람도 있기 마련이고, 전문성을 갖췄지만 그 정도 금액에는 신경 쓰지 않는 사람도 있으니까 말이다. 이 세상에 이 사람 아니면 안 되는 일은 없는 법이니, 싫다는 사람에게 억지로 청하기보다는 더 알맞은 사람을 찾는 편이 훨씬 더 좋은 결과를 낼 수 있을 것이다.

이렇게 지나치게 시시콜콜해 보이는 듯한 내 조언은, 빈곤선 이하에서 고단하게 버티는 창작자에게 건네는 것이다. 생활은 이미 충분히 고달프다. 그렇다면 반드시 자신을 더더욱 소중히 여겨야 한다. 가진 돈이 많든 적든, 바보같이 묻지도 따지지도 않고 덥석 수락해선 안 된다. 나중에 후회하고 화내고 원망해봤자 내 마음만 불편해지고 세상을 향한 반감만 커질 뿐이다. 그럴 바엔 처음부터 분명히 물어보자. 나처럼 처음부터 좋은 습관을 들이자. 보수도 물어보고 작업량도 물어보고, 조건이 맞으면 함께하고 안 맞으면 각자 갈 길을 가는 거다. 나는 형편이 괜찮거나 소설 쓰느라 많이 바쁠 때는 보수를 따져서 일을 받고, 비교적 한가하거나 돈에 쪼들릴 때는 조건을 좀 느슨하게 푼다. 나는 나만의 기준이 서 있고 무슨 일이든 흥정할 수 있지만, 가장 좋은 방식은 분명히 말하는 것이다. 그러니 내가 끝내 수락한 일은 모두 기꺼이 원해서 하는 것이다. 나는 이리저리 고민하거나 나중에 후회하면서 시간을 낭비하지 않고, 나의 귀하디귀한 시간을 글 쓰고 책 읽는 데 쓴다. 이렇게 하는 편이 훨씬 더 좋다.

분야에 관계없이, 창작자이자 전문성을 지닌 프리랜서로서 우리는 좋은 일이 들어오길 바란다. 그런데 그에 앞서 반드시 갖춰야 할 것은 자신감과 진정한 실력이다. 내 전문성과 능력에 따라 내 가치가 높아지는 걸 알면서 스스로 가치를 떨어뜨리는 일을 해서는 안 된다. 맡은 일도 잘하고 창작도 잘해서 우리의 전문성을 나날이 발전시키자. 업계에서 좋은 평판을 얻고 좋은 성과를 거두면 들어오는 일이 점점 많아지고, 일을 고를 여유가 생길 것이다. 이 단계를 거치면 자연히 몸값을 높일 수 있고, 일을 적게 하고도 원하는 수입을 얻게 된다. 모두가 바라는 일이다. 다만 이것만큼은 확실히 하자. 내가 나 자신을 보호하고 사랑하고 존중해야만 나를 존중하는 사람을 만날 수 있다.

마지막으로 이 한마디를 기억했으면 한다. 원치 않는 일을 거절하면서 미안해하거나 꺼림칙해할 필요 없다. 잘 거절하면 미움 살 걱정은 안 해도 된다. 열심히 쓰고 열심히 일하면, 우리의 전문성과 우리의 작품이 우리를 지켜줄 것이다. 나 자신에게 더 큰 가치가 있다는 걸 믿고 나 자신에서부터 시작하는 거다. 오늘부터 회신을 제대로 보내자. 일정표의 업무를 잘 정비하고, 즐거운 프리랜서가 되는 거다. 일로써 나의 창작물을 키우며 계속해서 창작을 하자. 어느 날에 이르면 우리의 창작물이 우리에게 돌아와 우리를 지켜주고 키워줄 것이다. 열심히 노력하며 내가 진정 원하고, 좋아하고, 내 재능을 발휘할 수 있는 그 길을 걸어가면 그날은 오고야 만다.

오직 쓰기 위하여

1판1쇄 2024년 9월 2일
1판2쇄 2024년 11월 4일

지은이 천쉐
옮긴이 조은
펴낸이 강성민
편집장 이은혜
마케팅 정민호 박치우 한민아 이민경 박진희 정유선 황승현
브랜딩 함유지 함근아 박민재 김희숙 이송이 박다솔 조다현 배진성
제작 강신은 김동욱 이순호

펴낸곳 (주)글항아리 ┃ **출판등록** 2009년 1월 19일 제406-2009-000002호

주소 경기도 파주시 심학산로 10 3층
전자우편 bookpot@hanmail.net
전화번호 031-955-2689(마케팅) 031-941-5159(편집부)
팩스 031-941-5163

ISBN 979-11-6909-288-3 03800

잘못된 책은 구입하신 서점에서 교환해드립니다.
기타 교환 문의 031-955-2661, 3580

www.geulhangari.com